16	3	2	13
5	10	11	8
9	6	7	12
4	15	14	1

Nicanor Parra

SÓ PARA MAIORES DE CEM ANOS

Antologia (anti)poética

Seleção e tradução
Joana Barossi e Cide Piquet

Edição bilíngue

editora 34

EDITORA 34

Editora 34 Ltda.
Rua Hungria, 592 Jardim Europa CEP 01455-000
São Paulo - SP Brasil Tel/Fax (11) 3811-6777 www.editora34.com.br

Copyright © Editora 34 Ltda. (edição brasileira), 2018
© Nicanor Parra, 1954, 1962, 1963, 1967, 1969, 1972, 1985

A FOTOCÓPIA DE QUALQUER FOLHA DESTE LIVRO É ILEGAL E CONFIGURA UMA
APROPRIAÇÃO INDEVIDA DOS DIREITOS INTELECTUAIS E PATRIMONIAIS DO AUTOR.

Imagem da capa:
Nicanor Parra em Las Cruces, Chile, em 2002
(fotografia © Paz Errázuriz)

Capa, projeto gráfico e editoração eletrônica:
Bracher & Malta Produção Gráfica

Revisão:
*Alberto Martins, Camila de Moura,
Danilo Hora, Fabrício Corsaletti*

1ª Edição - 2018, 2ª Edição - 2019

CIP - Brasil. Catalogação-na-Fonte
(Sindicato Nacional dos Editores de Livros, RJ, Brasil)

Parra, Nicanor, 1914-2018
P339s   Só para maiores de cem anos: antologia
anti(poética) / Nicanor Parra; seleção e tradução
de Joana Barossi e Cide Piquet; edição bilíngue —
São Paulo: Editora 34, 2019 (2ª Edição).
288 p.

Texto bilíngue, português e espanhol

ISBN 978-85-7326-724-2

1. Poesia chilena. 2. Barossi, Joana.
3. Piquet, Cide. I. Título.

CDD - 821CH

SÓ PARA MAIORES DE CEM ANOS
Antologia (anti)poética

Nota dos tradutores 9

De *Poemas e antipoemas* (1954)

Esquecimento 21
Canta-se o mar 24
Desordem no céu 26
Autorretrato 28
Epitáfio 30
Advertência ao leitor 31
Quebra-cabeças 33
Cartas a uma desconhecida 35
Madrigal 36
Solo de piano 37
O peregrino 38
Os vícios do mundo moderno 40
Solilóquio do Indivíduo 44

De *Versos de salão* (1962)

Mudanças de nome 51
A montanha-russa 52
Advertência 53
No cemitério 54
O galã imperfeito 55
Peço que suspendam a sessão 56
Homem ao mar 57
No quilo 59
A donzela e a morte 60
Mulheres 62
Composições 64
A poesia terminou comigo 66
Três poesias 67

Versos brancos	68
Minha língua grudou no céu da boca	70
Só para maiores de cem anos	73
O que o defunto disse de si mesmo	75
Noticiário 1957	80

De *Manifesto* (1963)

Manifesto	87

De *Canções russas* (1967)

Último brinde	95
Regresso	97
A fortuna	98
Ritos	99
Mendigo	100
Atenção	101
Só	102
Acácias	104
Cronos	105
Faz frio	106
Pussykatten	108
Ninguém	110

De *Obra grossa* (1969)

Ata de independência	115
Frases	116
Pai nosso	117
Agnus Dei	118
Discurso do bom ladrão	119
Eu pecador	121
Regra de três	123
Inflação	124
Quantas vezes vou ter que repetir!	125
A cruz	126

Jogos infantis 127
Sigmund Freud 129
Defesa de Violeta Parra 133
Cartas do poeta que dorme numa cadeira 139
Telegramas 145
Me defino como homem razoável............................ 149
Pensamentos.. 150
Me retrato de tudo que foi dito 151
Chile 152
Total zero 153

De *Emergency poems* (1972)

Não creio na via pacífica 157
Tempos modernos 158
Abro outra garrafa 159
Alguém atrás de mim 160
Sete 161

De *Folhas de Parra* (1985)

Missão cumprida... 165
O que ganha um velho fazendo ginástica 168
Sete trabalhos voluntários e um ato sedicioso......... 170
O homem imaginário 172
Nota sobre a lição da antipoesia 174
O anti-Lázaro.. 175

Poemas originais em espanhol 177
Índice dos poemas originais em espanhol 271

Posfácio, *Joana Barossi* 275

Sobre o autor 284
Sobre os tradutores 286

Nota dos tradutores

Só para maiores de cem anos apresenta, em edição bilíngue, setenta e cinco poemas de Nicanor Parra (1914-2018), cobrindo cerca de cinco décadas de sua produção, num arco que vai de 1954, com *Poemas e antipoemas*, livro que revolucionou a poesia chilena e latino-americana, até *Folhas de Parra*, de 1985, passando por *Versos de salão* (1962), *Manifesto* (1963), *Canções russas* (1967), *Obra grossa* (1969) e *Emergency poems* (1972).[1]

Longevo e fecundo como poucos, Parra curiosamente não teve, até hoje, uma edição à sua altura no Brasil. Como apresentar uma produção tão vasta a um público que pouco o conhece, e fazê-lo justamente no ano de sua morte? Dado o seu quase ineditismo entre nós,[2] procuramos dar ênfase àquilo que nos parece mais significativo na obra do grande poeta: o enorme poder inventivo de sua *antipoesia*. Esse gol-

---

[1] Vale lembrar que *Poemas e antipoemas* recolhia poemas escritos ao longo de dez anos, portanto, ainda da década de 1940; por sua vez, tanto *Obra grossa* como *Folhas de Parra* são grandes coletâneas organizadas pelo próprio autor e incluem poemas de outros livros seus, como *Manifesto* (1963), *A camisa de força* (1968), *Sermões e pregações do Cristo de Elqui* (1977) etc.

[2] A única exceção é o volume *Nicanor Parra & Vinicius de Moraes*, organizado e traduzido por Carlos Nejar e Maximino Fernández e publicada pela Academia Brasileira de Letras e Academia Chilena de la Lengua em 2009, que, porém, traz poucos poemas de Parra e muitos deles apenas de forma parcial.

pe de mestre do chileno inaugura-se com a publicação de *Poemas e antipoemas* (1954) e se avoluma, nas décadas seguintes, até aproximadamente o golpe militar que derruba Salvador Allende, em 1973. A partir daí, sem abandonar traços fundamentais da antipoesia, Parra dedica-se também a experimentações formais de natureza poético-visual em que mistura escrita, desenhos, colagens e instalações, que resultariam na publicação de *Artefatos* em 1972. No início de 1980, empreende uma nova guinada, dessa vez em direção ao debate ecológico e aos temas ambientais, criando seus *Ecopoemas*. Tais *Artefatos* e *Ecopoemas* não foram incluídos nesta seleção por representarem, a nosso ver, experimentações muito particulares que escapam ao cerne da antipoesia e do que poderíamos chamar de um "primeiro Parra". O elenco desta antologia completa-se com a inclusão de poemas pertencentes a *Folhas de Parra* (1985), que realiza uma retomada tardia de procedimentos e sintaxes característicos daquela produção inicial.

Feito este recorte, percorremos sua obra em busca dos seus poemas mais populares, marcantes ou representativos, e também, naturalmente, guiados por nossas predileções pessoais. Além disso, levou-se em conta ainda o critério da tradutibilidade, evitando textos excessivamente marcados por expressões idiomáticas, regionalismos, línguas e dialetos locais ou centrados em dados culturais, acontecimentos e eventos históricos muito específicos.

Um aspecto central da produção de Parra, plenamente realizado na *antipoesia*, passa pela inversão crítica das expectativas associadas ao discurso poético elevado: "Os poetas baixaram do Olimpo", diz um de seus poemas mais famosos, "Manifesto". Contra o poeta demiurgo, o poeta mortal e ordinário; contra o poeta de salão, o poeta das ruas; contra o poeta cheio de si, o poeta que ri de si mesmo; contra a poesia da lua, da donzela e das flores, a poesia da tumba, do espirro e do sangue de nariz. Tal inversão se dá pela recusa dos lugares-comuns da poesia lírica e da linguagem afetada, hermética ou livresca; em seu lugar, o poeta utiliza a linguagem coloquial, a expressão natural, a língua falada no dia a dia, ainda que não linear e atravessada por outros registros, como por exemplo o do discurso religioso (via de regra com fins satíricos) ou de extração surrealista, outra marca do autor, sempre interessado em surpreender, confundir e até importunar o leitor, tirando-o da posição confortável e passiva. A presente tradução procurou se manter fiel a tais elementos.

Outro traço marcante da poesia de Parra é o uso de uma oralidade metrificada. Numa conversa com seu amigo Leonidas Morales, professor de literatura, publicada no livro *Conversaciones con Nicanor Parra*, o poeta comenta sua obsessão com o decassílabo, que ele chamava de "fantasma da tribo" por ser o metro mais comum da poesia de língua espanhola e de idiomas afins, e que representaria a nova classe social surgida com a modernidade, cuja estrutura de fala seria, para ele, uma síntese entre o metro da trova popular e o da poesia clerical:

"O octossílabo predominou em uma época. Predominou até o momento em que se fez a síntese. Porque numa época havia de um lado o octossílabo, como no *mester de juglaría*, e de outro o *mester de clerecía*, de catorze sílabas. É isso. Mas então se produz a síntese. Oito mais catorze, igual a vinte dois, dividido por dois, onze.[3] Síntese, média aritmética, que passa a ser o metro

---

[3] Na língua espanhola, conta-se uma sílaba métrica a mais do que no português. Assim, o *octossílabo* espanhol equivale ao verso de sete sílabas (a redondilha maior) em português, e o *endecassílabo* corresponde ao nosso decassílabo.

11

não só da poesia, mas da língua espanhola falada. [...] Não de trovadores ou de clérigos, mas do comum dos mortais... Uma espécie de nova classe sociocultural. O que eu faço precisamente é pegar esses grupos fônicos como possibilidades linguísticas, nada mais."[4]

Claro que, por trás de uma relativa jocosidade de Parra, tal declaração esconde um jogo muito mais complexo de operações compositivas. Fato é que o decassílabo percorre quase toda sua produção poética, ainda que não de forma rigorosa, pois há poemas em versos livres, em metros mistos etc. Nossa tradução esteve permanentemente atenta também a esse aspecto formal, porém sem comprometer a naturalidade da expressão em prol de um apego ferrenho à métrica, já que o próprio autor foge a tais regras em muitos momentos.

Por fim, vale lembrar que o próprio Parra fez importantes traduções e, como tal, se enquadra entre os tradutores-recriadores, pois considerava a tradução uma "expropriação revolucionária". Para ele, ao ser traduzida, uma obra deixa de pertencer exclusivamente ao seu autor. Entre os livros que traduziu e publicou, encontra-se *Lear: rey & mendigo*, versão fora de série do *Rei Lear* de Shakespeare, transposta livremente para o contexto chileno, em termos cênicos e linguísticos. Sendo assim, esperamos que as liberdades e ousadias das nossas traduções sejam compreendidas tendo em vista essa lição *expropriativa* defendida pelo autor como ato de plena liberdade criativa, marca aliás de sua inspiradora conduta diante da vida e da arte, que o escritor chileno Roberto Bolaño captou e resumiu tão bem num texto em sua homenagem:

---

[4] Leonidas Morales, *Conversaciones con Nicanor Parra*, Santiago, Ediciones Universidad Diego Portales, 2014.

"Uma nota política: Parra conseguiu sobreviver. Não é grande coisa, mas é algo. Não foram capazes de lidar com ele nem a esquerda chilena de convicções profundamente direitistas nem a direita chilena neonazi e agora desmemoriada. Não foram capazes de lidar com ele nem a esquerda latino-americana neoestalinista nem a direita latino-americana agora globalizada e até há pouco cúmplice silenciosa da repressão e do genocídio. Não foram capazes de lidar com ele nem os medíocres professores latino-americanos que pululam nos câmpus das universidades estadunidenses, nem os zumbis que passeiam pela aldeia de Santiago. Nem mesmo os seguidores de Parra foram capazes de lidar com Parra. E mais, não só Parra, mas também seus irmãos, com Violeta à frente, e seus pais rabelaisianos, puseram em prática uma das máximas ambições da poesia de todos os tempos: encher a paciência do público."[5]

Os tradutores agradecem a Nicolás Llano Linares, Pedro Aparício, Andrés Sandoval, Catalina Valdés, Alejandro Zambra, Adán Méndes, Rosa Maria Ferrari, Heitor Ferraz Mello, Paulo Ferraz e toda a equipe da Editora 34; a Alberto Martins, Danilo Hora, Fabrício Corsaletti, Camila de Moura, José Guilherme Pereira Leite e María José Soto, cujas sugestões melhoraram consideravelmente estas traduções.

---

[5] Roberto Bolaño, "Ocho segundos de Nicanor Parra", texto publicado em catálogo de exposição sobre Parra em Madri, em 2001, e republicado no livro *Entre paréntesis* (Barcelona, Anagrama, 2004).

Fontes e bibliografia

Binns, Niall. *Nicanor Parra o El arte de la demolición*. Valparaíso: Editorial de la Universidad de Valparaíso, 2014.

Morales, Leonidas. *Conversaciones con Nicanor Parra*. Santiago: Ediciones Universidad Diego Portales, 2014.

Parra, Nicanor. *Obras completas & algo †*. Vol. I: 1935-1972. Vol. II: 1975-2006. Organização e notas de Niall Binns e Ignacio Echevarría. Barcelona: Galaxia Gutenberg/Circulo de Lectores, 2006 (vol. I) e 2011 (vol. II).

_____. *Obra gruesa*. Santiago: Ediciones Universidad Diego Portales, 2012.

_____. *El último apaga la luz (obra selecta)*. Organização de Matías Rivas. Barcelona: Lumen, 2017.

SÓ PARA MAIORES DE CEM ANOS
Antologia (anti)poética

"Quem for valente, que siga Parra."
Roberto Bolaño

De *Poemas e antipoemas* (1954)

Esquecimento

Juro que não recordo nem seu nome,
Mas vou morrer chamando-a Maria,
Não por simples capricho de poeta:
Por seu jeito de praça de província.
Que tempo aquele! Eu um espantalho,
Ela uma jovem pálida e sombria.
Ao voltar uma tarde do colégio
Soube de sua morte imerecida,
A notícia me causou tal desengano
Que derramei uma lágrima ao ouvi-la.
Uma lágrima, juro, quem diria!
E vejam que sou homem de energia.
Se devo dar crédito ao que dizem
As pessoas que trouxeram a notícia
Devo aceitar, sem vacilar sequer,
Que morreu com meu nome nas pupilas,
O que me surpreende, porque nunca
Foi pra mim nada mais que uma amiga.
Nunca tive com ela mais que uma
Relação de absoluta cortesia,
Nada além de palavras e palavras
E uma ou outra menção a andorinhas.
Conheci-a em meu vilarejo (e dele
resta apenas um punhado de cinzas),
Mas pra ela nunca vi outro destino
Que o de uma jovem triste e pensativa.

Por isso mesmo passei a chamá-la
Pelo celeste nome de Maria,
Circunstância que mostra claramente
A exatidão central de minha doutrina.
Pode ser que uma vez a tenha beijado,
Mas quem é que não beija suas amigas!
No entanto, senhores, saibam que o fiz
Sem perceber direito o que fazia.
Não negarei, contudo, que prezava
Sua incorpórea e vaga companhia
Que era como o espírito sereno
Que às flores domésticas anima.
Mas não posso esconder de nenhum modo
A importância que teve sua alegria
Nem ignorar o favorável influxo
Que até mesmo nas pedras exercia.
Agreguemos, ainda, que da noite
Seus olhos foram fonte fidedigna.
Mas, apesar de tudo, é necessário
Que compreendam que eu não a queria
Senão com esse vago sentimento
Que a um parente enfermo se dedica.
Acontece, todavia, acontece,
E é isso que ainda hoje me fascina,
Esse inaudito e singular exemplo
De morrer com meu nome nas pupilas,
Ela, múltipla rosa imaculada,
Ela que era uma lâmpada legítima.
Razão, muita razão tem essa gente
Que passa se queixando noite e dia
De que o mundo traidor em que vivemos
Vale menos que uma roda que não gira:
Muito mais honorável é uma tumba,
Vale mais uma folha apodrecida,

Nada é verdade, aqui nada perdura,
Nem a cor do cristal com que se espia.

Hoje é um dia azul de primavera,
Creio que morrerei de poesia,
Dessa famosa jovem melancólica
Não me lembro nem o nome que tinha.

Eu só sei que passou por este mundo
Como mais uma pomba fugitiva:
E a esqueci aos poucos, sem querer,
Como todas as coisas desta vida.

Canta-se o mar

Nada pode apartar de minha memória
A luz daquela misteriosa lâmpada,
Nem o efeito que em meus olhos teve
Nem a impressão que me deixou na alma.
O tempo pode tudo, e assim mesmo
Creio que nem a morte há de apagá-la.
Vou me explicar aqui, se me permitem,
Com o eco melhor de minha garganta.
Naquele tempo eu não compreendia
Francamente nem como me chamava,
Não tinha escrito meu primeiro verso
Nem derramado minha primeira lágrima;
Era meu coração nem mais nem menos
Do que o banco esquecido de uma praça.
Mas sucedeu que certa vez meu pai
Foi desterrado no sul, na distante
Ilha de Chiloé, onde o inverno
É como uma cidade abandonada.
Parti com ele e sem pensar chegamos
A Puerto Montt numa manhã tão clara.
Vivera até ali minha família
Sempre no vale ou então na montanha,
De modo que nem mesmo em pensamento
Se falou sobre o mar em nossa casa.
Sobre esse assunto eu conhecia apenas
O que na escola pública ensinavam
E uma ou outra coisa que nas cartas

De amor de minhas irmãs eu espiava.
Descemos pois do trem entre bandeiras
E o solene repicar dos sinos
Quando meu pai me pegou pelo braço
E então, voltando os olhos para a branca,
Eterna e livre espuma que à distância
Rumo a um país sem nome navegava,
Como quem reza uma oração me disse
Com voz que trago no ouvido intacta:
"Este, menino, é o mar". O mar sereno,
O mar que banha de cristal a pátria.
Não sei dizer por quê, mas acontece
Que uma força maior me encheu a alma,
E sem medir, sem suspeitar sequer,
Da magnitude real de meu intento,
Saí a correr, sem ordem nem concerto,
Como um desesperado até a praia
E num instante memorável estive
Frente ao enorme senhor das batalhas.
E foi então que estiquei os braços
Por sobre a face ondulante das águas,
Rígido o corpo, as pupilas fixadas
Na verdade infinita da distância,
Sem que em meu ser um pelo se movesse,
Tal qual a sombra azul de uma estátua!
Quanto tempo durou aquele instante
Não saberiam dizê-lo as palavras.
Só devo acrescentar que aquele dia
Nasceram em mim a inquietude e a ânsia
De pôr em versos o que onda a onda
Deus a meus olhos sem cessar criava.
E desde então conheço essa fervente
E abrasadora sede que me embala:
Isto porque, desde que o mundo existe,
A voz do mar dentro de mim soava.

Desordem no céu

Um padre, sem saber como,
Chegou às portas do céu,
Golpeou a aldraba de bronze,
Veio atender-lhe São Pedro:
"Se não me deixar entrar
Acabo com seu canteiro".
Respondeu, então, o santo
Num tom bem pouco benévolo:
"Desapareça daqui
Cavalo de mau agouro,
Jesus Cristo não se compra
Com bravatas nem dinheiro
E não se chega a seus pés
Com contos de marinheiro.
Aqui ninguém necessita
Da luz de seu esqueleto
Para amenizar o baile
De Deus e seus companheiros.
Da doença dos humanos
Você tirou seu proveito
Vendendo medalhas falsas
E cruzes de cemitério.
Enquanto os demais comiam
Pão dormido e algum farelo
Você entupia a pança
De carne e de ovos frescos.

E a aranha da luxúria
Se espalhou pelo seu peito
Guarda-chuvas jorram sangue
Seu morcego dos infernos!".

A porta fechou com estrondo
Um raio rasgou os céus,
Tremeram os corredores
E a alma sem proveito
Do frade tombou de costas
Para o quinto dos infernos.

Autorretrato

Considerem, rapazes,
Esta língua roída pelo câncer:
Sou professor de um colégio obscuro
E perdi a voz de tanto dar aulas.
(Depois de tudo ou nada
Faço quarenta horas semanais.)
Que tal minha cara esbofeteada?
Verdade que dá pena só de olhar!
O que acham deste nariz apodrecido
Pela cal de um giz tão degradante?

Em matéria de olhos, a três metros
Não reconheço minha própria mãe.
O que aconteceu? — Nada!
Acabei com eles de tanto dar aulas:
A luz ruim, o sol,
A venenosa lua miserável.
E tudo isso para quê?
Para ganhar um pão imperdoável
Duro como a cara do burguês
Com sabor e cheiro de sangue.
Para que nascemos como homens
Se nos dão uma morte de animais!?

Às vezes, pelo excesso de trabalho,
Vejo formas estranhas pelo ar,

Ouço corridas insanas,
Risadas e conversas criminais.
Vejam só estas mãos,
Estas bochechas brancas de cadáver,
Estes poucos cabelos que me restam
E estas negras rugas infernais!
No entanto, eu fui assim como vocês,
Jovem, cheio de belos ideais,
Sonhei que fundia o cobre
E limava as faces do diamante:
E hoje aqui estou eu
Atrás dessa mesa desconfortável
Embrutecido pelo lenga-lenga
Das quinhentas horas semanais.

Epitáfio

De estatura mediana,
Com uma voz nem fina nem grossa,
Filho mais velho de um professor primário
E de uma costureira doméstica;
Magro de nascimento
Ainda que adorador da boa mesa;
De faces esquálidas
Mas, sim, abundantes orelhas;
Com um rosto quadrado
Em que os olhos muito mal se enxergam
E um nariz de boxeador mulato
Sobre uma boca de ídolo asteca
— Tudo isso banhado
Por uma luz entre irônica e pérfida —
Nem muito esperto nem doido varrido
Fui o que fui: uma mescla
De vinagre e azeite de oliva
Um embutido de anjo e de besta!

Advertência ao leitor

O autor não responde pelos incômodos que seus escritos
[possam provocar:
Ainda que lhe doa
O leitor terá que se dar sempre por satisfeito.
Sabellius, que além de teólogo foi um humorista consumado,
Depois de ter reduzido a pó o dogma da Santíssima Trindade
Acaso respondeu por sua heresia?
E se chegou a responder, como o fez!
De que forma descabelada!
Baseando-se em que cúmulo de contradições!

Segundo os doutores da lei este livro não deveria ser
[publicado:
A palavra arco-íris não aparece em nenhuma parte,
Ainda menos a palavra dor,
A palavra *torcuato*.
Já cadeiras e mesas aparecem a granel,
Ataúdes!, apetrechos de escritório!
O que me enche de orgulho
Porque, a meu ver, o céu está caindo aos pedaços.

Os mortais que tenham lido o *Tractatus* de Wittgenstein
Podem se dar por satisfeitos
Porque é uma obra difícil de conseguir:
Porém o Círculo de Viena se dissolveu faz anos,
Seus membros se dispersaram sem deixar rastros
E eu decidi declarar guerra aos *cavalieri di la luna*.

Minha poesia pode perfeitamente não conduzir a lugar
                                              [nenhum:
"As risadas deste livro são falsas!", argumentarão meus
                                              [detratores
"Suas lágrimas, artificiais!"
"Em vez de suspirar, nestas páginas se boceja"
"Se esperneia como uma criança de colo"
"O autor se faz entender aos espirros"
De acordo: convido-os a queimar suas naves,
Como os fenícios pretendo formar meu próprio alfabeto.

"Para que incomodar o público, então?", se perguntarão os
                                              [amigos leitores:
"Se o próprio autor começa desprestigiando seus escritos,
O que se pode esperar deles?"
Cuidado, eu não desprestigio nada
Ou, melhor dizendo, eu exalto meu ponto de vista,
Me vanglorio de minhas limitações,
Coloco nas nuvens minhas criações.

Os pássaros de Aristófanes
Enterravam em suas próprias cabeças
Os cadáveres de seus pais.
(Cada pássaro era um verdadeiro cemitério voador)
A meu ver
Está na hora de modernizar esta cerimônia
E eu enterro minhas plumas na cabeça dos senhores leitores!

Quebra-cabeças

Não dou a ninguém o direito.
Adoro um pedaço de trapo.
Eu troco tumbas de lugar.

Eu troco tumbas de lugar.
Não dou a ninguém o direito.
Eu sou um tipo ridículo
Debaixo dos raios do sol,
Flagelo das lanchonetes.
Ainda morro de raiva.

Eu não tenho remédio,
Meus próprios cabelos me acusam
Num altar improvisado
As máquinas não perdoam.

Eu rio por trás da cadeira,
Minha cara se enche de moscas.

Eu sou quem se expressa mal
Expressa em vistas de quê.

Eu tartamudeio,
Cutuco com o pé um tipo de feto.

Para que são estes estômagos?
Quem foi que fez esta mistureba?

Melhor se fazer de tonto.
Eu digo uma coisa por outra.

Cartas a uma desconhecida

Quando passarem os anos, quando passarem
Os anos e o ar tiver cavado um fosso
Entre a sua alma e a minha; quando passarem os anos
E eu for apenas um homem que amou,
Um ser que se deteve um instante frente a seus lábios,
Um pobre homem cansado de andar pelos jardins,
Onde estará você? Onde
Estará, oh filha dos meus beijos!

Madrigal

Ficarei milionário uma noite
Graças a um truque que me permitirá fixar as imagens
Num espelho côncavo. Ou convexo.

Acredito que o êxito será completo
Quando conseguir inventar um caixão de fundo duplo
Que permita ao cadáver espiar outros mundos.

Já queimei muito as pestanas
Nesta absurda corrida de cavalos
Em que os jóqueis são lançados de suas cavalgaduras
E vão parar no meio dos espectadores.

É justo, então, que eu tente criar algo
Que me permita viver tranquilamente
Ou que pelo menos me permita morrer.

Tenho certeza que minhas pernas tremem,
Sonho que caem todos os meus dentes
E que chego atrasado para um funeral.

Solo de piano

Já que a vida do homem não é senão uma ação à distância,
Um pouco de espuma que brilha no interior de um copo;
Já que as árvores são apenas móveis que se agitam:
Não mais que cadeiras e mesas em movimento perpétuo;
Já que nós mesmos não somos mais que seres
(Como deus mesmo não é nada mais que deus);
Já que não falamos para ser escutados
E sim para que os outros falem
E o eco é anterior às vozes que o produzem;
Já que nem sequer temos o consolo de um caos
No jardim que boceja e se enche de ar,
Um quebra-cabeças que é preciso resolver antes de morrer
Para poder ressuscitar depois tranquilamente
Quando já se usou em excesso da mulher;
Já que também existe um céu no inferno,
Deixem que eu também faça algumas coisas:

Eu quero fazer barulho com os pés
E quero que minha alma encontre seu corpo.

O peregrino

Atenção, senhoras e senhores, um minuto de atenção:
Virem um instante a cabeça para este lado da república,
Esqueçam por uma noite seus assuntos pessoais,
O prazer e a dor podem esperar do lado de fora:
Escuta-se uma voz deste lado da república.
Atenção, senhoras e senhores! um minuto de atenção!

Uma alma que esteve engarrafada durante anos
Numa espécie de abismo sexual e intelectual
Nutrindo-se escassamente pelo nariz
Deseja se fazer escutar por vocês.
Desejo que me informem sobre alguns assuntos,
Necessito de um pouco de luz, o jardim se cobre de moscas,
Me encontro num desastroso estado mental,
Pondero à minha maneira;
Enquanto digo essas coisas vejo uma bicicleta apoiada num
[muro,
Vejo uma ponte
E um carro que desaparece entre os edifícios.

Vocês se penteiam, claro, vocês andam a pé pelos jardins,
Por baixo da pele vocês têm outra pele,
Vocês possuem um sétimo sentido
Que lhes permite entrar e sair automaticamente.
Mas eu sou um menino que chama sua mãe por trás das
[rochas,

Sou um peregrino que faz as pedras pularem à altura de seu
[nariz,
Uma árvore que pede aos gritos que a cubram de folhas.

Os vícios do mundo moderno

Os delinquentes modernos
Estão autorizados a frequentar diariamente os parques e
[jardins.
Munidos de óculos poderosos e relógios de bolso
Entram aos bandos nos quiosques favorecidos pela morte
E instalam seus laboratórios entre os roseirais em flor.
Dali controlam os fotógrafos e mendigos que perambulam
[pelos arredores
Tentando erguer um pequeno templo à miséria
E se surge a oportunidade chegam a possuir um engraxate
[melancólico.
A polícia aterrorizada foge desses monstros
Em direção ao centro da cidade
Onde estalam os grandes incêndios de fim de ano
E um valentão encapuzado põe duas freiras de mãos ao alto.

Os vícios do mundo moderno:
O automóvel e o cinema falado,
As discriminações raciais,
O extermínio dos peles-vermelhas,
Os truques da alta bancada,
A catástrofe dos anciãos,
O comércio clandestino de brancas realizado por sodomitas
[internacionais,
O autoelogio e a gula,
As Pompas Fúnebres,

Os amigos pessoais de sua excelência,
A exaltação do folclore a categoria do espírito,
O abuso dos entorpecentes e da filosofia,
O amolecimento dos homens favorecidos pela fortuna,
O autoerotismo e a crueldade sexual,
A exaltação do onírico e do subconsciente em detrimento
                              [do senso comum.
A confiança exagerada em soros e vacinas,
O endeusamento do falo,
A política internacional de pernas abertas patrocinada pela
                              [imprensa reacionária,
A ânsia desmedida pelo poder e pelo lucro,
A corrida do ouro,
A dança fatídica dos dólares,
A especulação e o aborto,
A destruição dos ídolos,
O desenvolvimento excessivo da dietética e da psicologia
                              [pedagógica,
O vício da festa, do cigarro, dos jogos de azar,
As gotas de sangue que se costumam encontrar entre os
                    [lençóis dos recém-casados,
A loucura do mar,
A agorafobia e a claustrofobia,
A desintegração do átomo,
O humor sangrento da teoria da relatividade,
O delírio de retorno ao ventre materno,
O culto ao exótico,
Os acidentes aeronáuticos,
As incinerações, os expurgos em massa, o confisco dos
    passaportes,
Tudo isso porque sim,
Porque causa vertigem,
A interpretação dos sonhos
E a difusão da radiomania.

Como fica demonstrado,
O mundo moderno é composto de flores artificiais,
Cultivadas em jarros de vidro parecidos com a morte,
É formado por estrelas de cinema,
E por sangrentos boxeadores que lutam à luz da lua,
Compõe-se de homens-rouxinol que controlam a vida
[econômica dos países
Mediante alguns mecanismos fáceis de explicar;
Eles se vestem geralmente de preto como os precursores do
[outono
E se alimentam de raízes e de ervas silvestres.
Enquanto isso os sábios, comidos pelos ratos,
Apodrecem nos porões das catedrais,
E as almas nobres são perseguidas implacavelmente pela
[polícia.

O mundo moderno é uma grande cloaca:
Os restaurantes de luxo estão apinhados de cadáveres
[digestivos
E de pássaros que voam perigosamente a pouca altura.
Isto não é tudo: os hospitais estão cheios de impostores,
Sem falar nos herdeiros do espírito que estabelecem suas
[colônias no ânus dos recém-operados.

Os industriais modernos sofrem às vezes o efeito da
[atmosfera envenenada,
Junto às máquinas de tecer costumam cair doentes da
[espantosa doença do sono
Que os transforma com o tempo em espécies de anjos.
Negam a existência do mundo físico
E se vangloriam de ser uns pobres filhos do sepulcro.
Entretanto, o mundo sempre foi assim.
A verdade, como a beleza, não se cria nem se perde
E a poesia reside nas coisas ou é simplesmente uma
[miragem do espírito.

Reconheço que um terremoto bem concebido
Pode acabar em segundos com uma cidade rica em tradições
E que um minucioso bombardeio aéreo
Derrube árvores, cavalos, tronos, música.
Mas que importa tudo isso
Se enquanto a melhor bailarina do mundo
Morre pobre e abandonada numa pequena aldeia no sul da
[França
A primavera devolve ao homem uma parte das flores
[desaparecidas?

Tratemos de ser felizes, recomendo eu, chupando a miserável
[costela humana.
Extraiamos dela o líquido renovador,
Cada qual segundo suas inclinações pessoais.
Aferremo-nos a esta migalha divina!
Ofegantes e tremebundos
Chupemos estes lábios que nos enlouquecem;
A sorte está lançada.
Aspiremos este perfume enervante e destrutivo
E vivamos mais um dia a vida dos eleitos:
De suas axilas o homem extrai a cera necessária para forjar
[o rosto de seus ídolos.
E do sexo da mulher a palha e o barro de seus templos.
Por tudo isso
Cultivo um piolho na minha gravata
E sorrio aos imbecis que descem das árvores.

Solilóquio do Indivíduo

Eu sou o Indivíduo.
Primeiro vivi numa rocha
(Ali gravei algumas figuras).
Depois procurei um lugar mais apropriado.
Eu sou o Indivíduo.
Primeiro tive que procurar alimentos,
Procurar peixes, pássaros, buscar lenha
(Depois me preocuparia com os outros assuntos).
Fazer uma fogueira,
Lenha, lenha, onde encontrar um pouco de lenha,
Alguma lenha para fazer uma fogueira,
Eu sou o Indivíduo.
Ao mesmo tempo me perguntei,
Fui a um abismo cheio de ar;
Uma voz me respondeu:
Eu sou o Indivíduo.
Depois tratei de me mudar para outra rocha,
Ali também gravei figuras,
Gravei um rio, búfalos,
Eu sou o Indivíduo.
Mas não. Me entediei com as coisas que fazia,
O fogo me incomodava,
Queria ver mais,
Eu sou o Indivíduo.
Desci até um vale banhado por um rio,
Ali encontrei o que necessitava,

Encontrei um povo selvagem,
Uma tribo,
Eu sou o Indivíduo.
Vi que ali faziam algumas coisas,
Figuras gravavam nas rochas,
Faziam fogo, também faziam fogo!
Eu sou o Indivíduo.
Me perguntaram de onde eu vinha.
Respondi que sim, que não tinha planos determinados,
Respondi que não, que dali para a frente.
Bem.
Então peguei um pedaço de pedra que encontrei num rio
E comecei a trabalhar nela,
Comecei a poli-la,
Dela fiz uma parte de minha própria vida.
Mas isso é longo demais.
Cortei umas árvores para navegar,
Procurava peixes,
Procurava diferentes coisas,
(Eu sou o Indivíduo).
Até que comecei a me entediar novamente.
As tempestades entediam,
Os trovões, os relâmpagos,
Eu sou o Indivíduo.
Bem. Me pus a pensar um pouco,
Perguntas estúpidas me vinham à cabeça,
Falsos problemas.
Então comecei a vagar pelos bosques.
Cheguei a uma árvore e a outra árvore,
Cheguei a uma fonte,
A um fosso onde se viam alguns ratos:
Aqui estou eu, disse então,
Vocês viram por aqui uma tribo,
Um povo selvagem que faz fogo?
Desse modo me desloquei para o oeste

Acompanhado por outros seres,
Ou melhor, sozinho.
Para ver é preciso crer, me diziam,
Eu sou o Indivíduo.
Via formas na escuridão,
Nuvens talvez,
Talvez visse nuvens, via relâmpagos,
Nisso já haviam passado vários dias,
Eu me sentia morrer;
Inventei umas máquinas,
Construí relógios,
Armas, veículos,
Eu sou o Indivíduo.
Mal tinha tempo para enterrar meus mortos,
Mal tinha tempo para semear,
Eu sou o Indivíduo.
Anos depois concebi algumas coisas,
Umas formas,
Cruzei as fronteiras
E permaneci fixo numa espécie de nicho,
Numa barca que navegou quarenta dias,
Quarenta noites,
Eu sou o Indivíduo.
Depois vieram umas secas,
Vieram umas guerras,
Pessoas de cor entraram no vale,
Mas eu precisava seguir em frente,
Precisava produzir.
Produzi ciência, verdades imutáveis,
Produzi tânagras,
Dei à luz livros de milhares de páginas,
Minha cara inchou,
Construí um fonógrafo,
A máquina de costurar,
Começaram a aparecer os primeiros automóveis,

Eu sou o Indivíduo.
Alguém segregava planetas,
Segregava árvores!
Mas eu segregava ferramentas,
Móveis, apetrechos de escritório,
Eu sou o Indivíduo.
Cidades foram construídas,
Estradas
Instituições religiosas saíram de moda,
Procuravam alegria, procuravam felicidade,
Eu sou o Indivíduo.
Depois me dediquei mais a viajar,
A praticar, a praticar idiomas,
Idiomas,
Eu sou o Indivíduo.
Olhei por uma fechadura,
Sim, olhei, fazer o quê, olhei,
Para tirar a dúvida olhei,
Por trás de umas cortinas,
Eu sou o Indivíduo.
Bem.
Talvez seja melhor voltar àquele vale,
Àquela rocha que me serviu de lar,
E começar a gravar de novo,
De trás para a frente gravar
O mundo ao revés.
Mas não: a vida não tem sentido.

De *Versos de salão* (1962)

Mudanças de nome

A vocês, amantes das belas-letras,
Faço chegar meus melhores desejos
Vou mudar os nomes de algumas coisas.

Minha posição é esta:
O poeta não cumpre sua palavra
Se não muda os nomes das coisas.

Por que motivo o sol
Continuará se chamando sol?
Peço que se chame Gatuno
Aquele das botas de quarenta léguas!

Meus sapatos parecem ataúdes?
Saibam vocês que de hoje em diante
Os sapatos se chamam ataúdes.
Comunique-se, anote-se e publique-se
Que os sapatos mudaram de nome:
De agora em diante se chamam ataúdes.

Bom, a noite é longa
Todo poeta que se preze
Deve ter seu próprio dicionário
E antes que eu me esqueça
Até o nome de deus é preciso mudar
Que cada um o chame como quiser:
Esse é um problema pessoal.

A montanha-russa

Durante meio século
A poesia foi
O paraíso do bobo solene.
Até que cheguei eu
E me instalei com minha montanha-russa.

Subam, se quiserem.
Claro que não respondo se saírem
Botando sangue pelas bocas e narinas.

Advertência

Eu não aceito que ninguém me diga
Que não compreende os antipoemas
Todos devem rir às gargalhadas.

Por isso quebro a cabeça
Para chegar à alma do leitor.

Chega de perguntas.
No leito de morte
Cada um se coça com as próprias unhas.

Mais uma coisa:
Eu não vejo nenhum inconveniente
Em me meter numa boa enrascada.

No cemitério

Um ancião de barba respeitável
Desmaia diante de uma tumba.
Na queda acaba abrindo a sobrancelha.
Observadores tratam de ajudá-lo:
Um mede seu pulso
Outro o abana com uma folha de jornal.

Outro dado que pode interessar:
Uma mulher o beija na bochecha.

O galã imperfeito

Um casal de recém-casados
Para diante de uma tumba.
Ela se veste de branco rigoroso.

Para ver sem ser visto
Eu me escondo atrás de uma coluna.

Enquanto a noiva triste
Desbasta a tumba de seu pai
O galã imperfeito
Se dedica a ler uma revista.

Peço que suspendam a sessão

Senhoras e senhores:
Eu vou fazer uma única pergunta:
Nós somos filhos do sol ou da terra?
Porque se somos terra simplesmente
Não vejo para quê
Continuamos gravando esse filme:
Peço que suspendam a sessão.

Homem ao mar

Já não estou mais em casa
Ando pros lados de Valparaíso.

Faz tempo que estava
Escrevendo poemas espantosos
E preparando aulas espantosas.
Acabou a comédia:
Dentro de alguns minutos
Vou para Chillán de bicicleta.

Não fico aqui nem mais um dia
Só estou esperando
Que minhas penas se sequem um pouco.

Se perguntarem por mim
Digam que ando pelo sul
E que só volto no mês que vem.

Digam que estou doente de varíola.

Atendam o telefone
Não escutam o barulho do telefone?
Esse barulho maldito do telefone
Vai acabar me deixando louco!

Se perguntarem por mim
Podem dizer que me prenderam

Digam que fui pra Chillán
Visitar a tumba de meu pai.

Eu não trabalho nem mais um minuto
Basta o que já fiz
Então não basta tudo o que fiz?
Até quando diabos
Querem que eu faça papel de ridículo!?

Juro nunca mais escrever um verso
Juro nunca mais resolver equações
Acabou esse negócio para sempre.

Passagens para Chillán!
Vou visitar os lugares sagrados!

No quilo

Aproveito a hora do almoço
Para fazer um exame de consciência
Quantos braços me restam por abrir?
Quantas pétalas negras por fechar?
Sou quando muito um sobrevivente!

O aparelho de rádio me recorda
Dos meus deveres, aulas, poemas
Com uma voz que parece saída
Do mais profundo sepulcro.

O coração não sabe o que pensar.

Faço como se olhasse os espelhos
Um cliente espirra sua mulher
Outro acende um cigarro
Outro lê as *Últimas Notícias*.

Que podemos fazer, árvore sem folhas
Além de dar uma última espiada
Na direção do paraíso perdido!

Responde, sol escuro
Ilumina um instante
Mesmo que depois te apagues para sempre.

A donzela e a morte

Uma donzela loira se apaixona
Por um cavaleiro que parece a morte.

A donzela telefona para ele
Mas ele não se dá por entendido.

Caminham por colinas
Cheias de lagartixas coloridas.

A donzela sorri
Mas a caveira não enxerga nada.

Chegam a um casebre de madeira,
A donzela se estende num sofá
A caveira a espia de soslaio.

A donzela oferece uma maçã
Mas a caveira simplesmente a rechaça,
Faz de conta que lê uma revista.

A donzela roliça
Pega uma flor que está em um vaso
E a arremessa repentinamente.

Ainda assim a morte não responde.

Vendo que nada parece dar certo
A donzela terrível
Aposta de uma vez todas suas fichas:
Tira sua roupa diante do espelho,
Mas a morte continua imperturbável.

Ela continua movendo as ancas
Até que o cavaleiro a possua.

Mulheres

A mulher impossível,
A mulher de dois metros de altura,
A senhora de mármore de Carrara
Que não fuma nem bebe,
A mulher que não quer se despir
Por medo de acabar engravidando,
A vestal intocável
Que não quer ser mãe de família,
A mulher que respira pela boca,
A mulher que caminha
Virgem para o quarto nupcial
Mas que reage como homem,
A que se despiu por simpatia
(Porque adora a música clássica)
A ruiva que se atirou de bruços,
A que só se entrega por amor,
A donzela que olha com um olho,
A que só se deixa possuir
Sobre o divã, à beira do abismo,
A que odeia os órgãos sexuais,
A que se une somente com seu cão,
A mulher que finge dormir
(O marido a ilumina com um fósforo),
A mulher que se entrega porque sim,
Porque a solidão, porque o esquecimento...
A que chegou donzela até a velhice,

A professora míope,
A secretária de óculos escuros,
A senhorita pálida de lentes
(Essa aí não quer nada com o falo),
Todas estas valquírias
Todas estas matronas respeitáveis
Com seus lábios maiores e menores
Vão acabar me tirando do sério.

Composições

1

Cuidado, todos mentimos
Mas eu só falo a verdade.

A matemática cansa
Porém nos dá de comer.

Enquanto que a poesia
Escrevemos pra viver.

Ninguém quer se preocupar
Com as janelas quebradas.

Se escreve contra si mesmo
Por culpa dos demais.

Como é sujo escrever versos!

Um dia sem mais nem menos
Vou dar um tiro na testa.

2

Tudo parece estar mal
O sol parece estar mal
O mar parece estar péssimo.

Os homens estão sobrando
As nuvens estão sobrando
Arco-íris não dá mais.

Meus dentes estão cariados
Ideias preconcebidas
Espírito inexistente.

O sol dos pobres aflitos
Uma árvore cheia de micos
A desordem dos sentidos.

Imagens desconexas.

Só dá mesmo pra viver
De pensamentos roubados.
A arte me degenera
A ciência me degenera
O sexo me degenera.

Aceitem que deus não existe.

A poesia terminou comigo

Eu não digo que ponha fim a nada
E não tenho ilusões a esse respeito
Eu queria seguir poetizando
Porém a inspiração me abandonou.
A poesia se comportou muito bem
Eu me comportei horrivelmente mal.

O que ganho dizendo
Eu me comportei bem
A poesia se comportou mal
Quando sabem que o culpado sou eu.
Tudo bem que eu pareça imbecil!

A poesia se comportou muito bem
Eu me comportei horrivelmente mal.
A poesia terminou comigo.

Três poesias

1

Já não me resta nada por dizer
Tudo o que eu tinha pra dizer
Foi dito não sei quantas vezes.

2

Eu perguntei não sei quantas vezes
Mas ninguém responde minhas perguntas.
É absolutamente necessário
Que o abismo responda de uma vez
Porque o tempo está ficando curto.

3

Só uma coisa é clara:
Que a carne se enche de vermes.

Versos brancos

Um olho branco não sugere nada
Até quando posar de inteligente
Para que completar um pensamento.
Há que lançar as ideias ao ar!
A desordem também tem seu encanto
Um morcego peleja com o sol:
A poesia não incomoda ninguém
E a fúcsia parece bailarina.

Se não é sublime a tempestade cansa
Estou farto de deus e do demônio
Quanto valem essas calças compridas?
O galã se liberta de sua noiva
Nada mais antipático que o céu
O orgulho é retratado de pantufas:
A alma que se preza não discute.
E a fúcsia parece bailarina.

Quem embarca em violino naufraga
A donzela se casa com um velho
Pobre gente que não sabe o que diz
Com o amor não se implora a ninguém:
Em vez de leite lhe saía sangue
Só por diversão cantam as aves
E a fúcsia parece bailarina.

Uma noite pensei em me matar
O rouxinol sabe rir de si mesmo
A perfeição é um tonel sem fundo
Tudo que é transparente nos seduz:
Não há prazer maior do que espirrar
E a fúcsia parece bailarina.

Já não resta mulher por violar
Na sinceridade reside o perigo
Eu ganho minha vida a pontapés
Entre o peito e as costas há um abismo
Há que deixar morrer o moribundo:
A minha catedral é o banheiro
E a fúcsia parece bailarina.

Reparte-se o presunto a domicílio
Pode-se ver a hora numa flor?
Vende-se crucifixo de segunda
A velhice também tem o seu prêmio
Os funerais deixam apenas dívidas:
Júpiter ejacula sobre Leda
E a fúcsia parece bailarina.

Continuamos a viver num bosque
Não escutam o murmúrio das folhas?
Porque não vão dizer que estou sonhando
O que eu digo há de ser assim
Me parece que estou com a razão
À minha maneira também sou um deus
Um criador que não engendra nada:
Eu me dedico a bocejar full-time
E a fúcsia parece bailarina.

Minha língua grudou no céu da boca

Minha língua grudou no céu da boca
Tenho uma sede ardente de expressão
Mas não posso construir uma frase.

Cumpriu-se a maldição da minha sogra:
Minha língua grudou no céu da boca.

O que será que acontece no inferno
Pra deixar minhas orelhas tão vermelhas?

Não consigo nem falar de tanta dor
Posso dizer palavras isoladas:
Árvore, sombra, tinta da china
Mas não posso construir uma frase.

Mal consigo me sustentar de pé
Mais pareço um cadáver ambulante
Não suporto nem a água da torneira.

Minha língua grudou no céu da boca
Nem o ar do jardim eu suporto.

Deve ser alguma coisa no inferno
Porque estão ardendo minhas orelhas
Está escorrendo sangue do nariz!

Sabem o que aprontou minha namorada?
Eu a flagrei aos beijos com um outro
Tive que lhe dar uma boa sova
Caso contrário o tipo a deflorava.

Mas agora quero me divertir
Comecem a cavar minha sepultura
Quero dançar até bater as botas
Mas que ninguém me tache de bebum!
Vejo perfeitamente onde piso
Veem como só faço o que me agrada?
Posso sentar com a perna pra cima
Posso tocar um apito imaginário
Posso dançar uma valsa imaginária
Posso tomar um porre imaginário
Posso me dar um tiro imaginário.

Hoje, aliás, eu faço aniversário
Ponham todas as cadeiras na mesa
Vou dançar uma valsa com uma delas
Minha língua grudou no céu da boca.

Eu ganho minha vida como posso
Ponham todas as cadeiras na mesa
Eu não regulo nada aos meus amigos
Tudo coloco à sua disposição
— Que eles façam o que bem entendam —

Mesa à disposição dos amigos
Cana à disposição dos amigos
Noiva à disposição dos amigos
Tudo à disposição dos amigos.

Mas eles que não venham com abusos!

É o álcool que me faz delirar?
É a solidão que faz delirar!
A injustiça me faz delirar!
O delírio é que me faz delirar!

Sabem o que me disse um capuchinho?
Não coma nunca doce de pepino!
Sabem o que me disse um sacristão?
Nunca limpe o traseiro com a mão!

Minha língua grudou no céu da boca.

Só para maiores de cem anos

Só para maiores de cem anos
Me dou ao luxo de estender os braços
Debaixo de uma chuva de pombas negras.

Mas não por motivos pessoais!

Para que minha camisa me perdoe
Faltam umas quarenta primaveras
Pela falta absoluta de mulher.

Eu não quero dizer obscenidades
As grosserias clássicas chilenas
Se a lua me der alguma razão
Eternidade em ambas direções.

Pela falta absoluta de mulher.

Ou perdoam as faltas de respeito
Ou eu bebo sangue de nariz!

Faço voar as relíquias ao sol
Espirro com grande admiração
Faço a reverência com pesar
Essa mesma que fiz na Inglaterra
Um ataúde que vomitava fogo.

Vivo rangendo os dentes nas esquinas
O que seria de mim sem essa árvore
A desfrutar do espasmo sexual.

Dissimulo minhas chagas a granel
E rio de todas minhas astúcias
Porque sou um ateu timorato.

Eu passeio malandro pelo céu
Só quero gozar de uma Sexta-Feira Santa
Para viajar de nuvem pelo ar
Em direção ao Santo Sepulcro.

Só para maiores de cem anos
Mas eu é que não visto a carapuça
Porque cedo ou tarde
Tem que aparecer
Um sacerdote que explique tudo.

O que o defunto disse de si mesmo

Aproveito com grande alegria
Esta oportunidade singular
Que me brinda a ciência da morte
Para dizer umas boas verdades
Sobre minhas aventuras na terra.
Mais adiante, se encontrar o tempo
Falarei sobre a vida de além-túmulo.

Quero rir um pouco
Como fazia quando estava vivo:
O saber e o riso se confundem.

Quando nasci minha mãe perguntou
O que vou fazer com esse pirralho
Me dediquei a encher sacos de farinha
Me dediquei a quebrar uns cristais
E me escondia atrás dos roseirais.

Comecei como aprendiz de escritório
Mas os documentos comerciais
Me deixavam com cara de velório.

O telefone era meu pior inimigo.

Tive dois ou três filhos naturais.

Um escrivãozinho dos mil demônios
Se enfureceu comigo pelo "crime
De abandonar minha primeira esposa".
E perguntou "por que a abandonaste"
Eu respondi com um golpe na mesa:
"Essa mulher abandonou a si mesma".

Estive a ponto de perder o siso.

Como me dou com a religião?
Atravessei a cordilheira a pé
Disfarçado de frade capuchinho
Transformando ratazanas em pombas.

Já não me lembro como nem por que
Fui "abraçar a carreira das letras".

Tentei deslumbrar os meus leitores
Apelando para o senso de humor
Mas causei uma péssima impressão.

Me tacharam de doente dos nervos.
Claro, me condenaram às galés
Por enfiar o nariz no abismo.

Me defendi como um gato acuado!

Escrevi em araucano e em latim
Os demais escreviam em francês
Versos de fazer ranger os dentes.

Nesses meus versos extraordinários
Fazia troça do sol e da lua
Fazia troça do mar e das pedras
Porém o mais estúpido de tudo

É que troçava até mesmo da morte.[1]
Infantilidade? — Falta de tato!
Ainda assim eu troçava da morte.[2]

Minha tendência às ciências ocultas
Me fez merecedor do sambenito
De charlatão do século dezoito
Mas estou muito seguro
De que é possível ler o futuro
Na fumaça, nas nuvens e nas flores.
Ademais eu profanava os altares.
Até que me pegaram em flagrante.
Moral da história: cuidado com o clero.

Me desloquei por praças e jardins
Como uma espécie de novo Quixote
Mas nunca me bati com os moinhos
Nem nunca me indispus com as ovelhas!

Será que entendem o que estou dizendo?

Fui conhecido em toda a comarca
Por minhas extravagâncias infantis
Eu que era um ancião respeitável.

Parava para falar com os mendigos
Mas não por motivos religiosos
Apenas para torrar a paciência!

Para não me indispor com o público
Simulava possuir ideias claras

---

[1] Os mortais se creem imortais.

[2] Tudo me parecia divertido.

Me expressava com grande autoridade
Mas a situação era difícil
Confundia Platão com Aristóteles.

Desesperado, louco rematado
Ideei a mulher artificial.

Porém não fui palhaço de verdade
Porque de súbito ficava sério[3]
E me afundava num abismo escuro!

Acendia a luz à meia-noite
Presa dos mais soturnos pensamentos
Que pareciam órbitas sem olhos.
Não me atrevia a mover nem um dedo
Por receio de irritar os espíritos.
Ficava observando a ampulheta.

Alguém poderia fazer um filme
Sobre minhas aventuras na terra
Mas eu não vim aqui me confessar
Quero apenas dizer estas palavras:

Situações eróticas absurdas
Diversas tentativas de suicídio
Porém morri de morte natural.

Os funerais foram muito bonitos.
O ataúde eu achei perfeito.
Eu não sou cavalo de corrida
Mas grato pelas flores tão bonitas.

---

[3] Querubim ou demônio derrotado.

Só não riam diante do meu túmulo
Porque posso quebrar o ataúde
E sair em disparada pelo céu!

# Noticiário 1957

Praga de mobiletes em Santiago.
Françoise Sagan passeia de automóvel.
Terremoto no Irã: 600 vítimas.
O governo contém a inflação.
Os candidatos à presidência
Tratam de congraçar-se com o clero.
Greve de professores e estudantes.
Romaria à tumba de Óscar Castro.
Enrique Bello é convidado à Itália.
Rossellini declara que as suecas
São mais frias do que blocos de gelo.
Especula-se com astros e planetas.
Sua Santidade o papa Pio XII
Dá a notícia simpática do ano:
Cristo lhe aparece várias vezes.

O autor se retrata com seu cão.

Aparição dos Águas-Azuis.
Grupo Fuego celebra aniversário.
Charles Chaplin em plena terceira idade
É novamente pai de família.
Exercícios do Corpo de Bombeiros.
Russos lançam objetos na lua.
Escasseiam o pão e os remédios.
Chegam novos automóveis de luxo.

Os estudantes saem para a rua
Mas são massacrados como cachorros.

A polícia mata por matar.

Nicolai solta o verbo contra a Rússia
Sem o menor sentido do ridículo:
São Cupertino voa para trás.

A metade do espírito é matéria.

Roubo com passaporte diplomático:
Na primeira página da *Ercilla*
Saem as fotografias das maletas.

Jorge Elliott publica antologia.

Um desventurado pombo-correio
Colide com os cabos de energia:
Os transeuntes tratam de salvá-lo.

Estátua de mármore causa ira:
"Mistral é quem devia estar aí".

Praga de terroristas argentinos.
Kelly foge vestido de mulher.
Esqueleto que sacode as cadeiras.

Enrique Lihn define posições.
Perico Müller faz pacto com o diabo.
Médicos abandonam hospitais.
Se esclarece a incógnita do trigo.

Greve do pessoal do cemitério.
Um policial, por fazer uma piada,
Estoura seus miolos com um tiro.

A derrota do Chile no Peru:
A equipe chilena joga bem
Mas a falta de sorte a persegue.

Um poeta católico sustenta
Que Jeová teria sido mulher.

Novos abusos contra os pobres índios:
Querem desalojá-los de suas terras
Das últimas terras que lhes restaram!
Sendo que são eles os filhos da terra.

Morte de Benjamín Velasco Reyes.
Já não restam amigos de verdade:
Com Benjamín desaparece o último.

E agora vem o mês dos turistas
Cascas de melancias e melões
Querem fazer um templo subterrâneo?

Frei viaja a passeio pela Europa.
É recebido pelo rei da Suécia.
Faz declarações para a imprensa.
Uma mulher dá à luz em um ônibus.
Filho embriagado mata o pai.
Conversa sobre discos voadores.
Humilhação na casa de uma tia.
Falece o deus da moda feminina.
Praga de moscas, pulgas, ratazanas.

Profanação do jazigo do pai.

Exposição na Quinta Normal.
Visitantes olham o céu por um tubo
Astros-aranhas e planetas-moscas.
Desastre entre Cartagena e San Antonio.
Carabineiros contam os cadáveres
Como se fossem sementes de melancia.
Outro ponto importante a destacar:
As dores de dente do autor
O desvio do seu septo nasal
E o negócio de plumas de avestruz.

A velhice e sua Caixa de Pandora.

Mas, de todo modo, nós ficamos
Com o ano que está para terminar
(Apesar das notas discordantes)
Porque o ano que está para começar
Só pode mesmo nos trazer mais rugas.

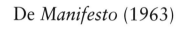

Manifesto

Senhoras e senhores
Esta é nossa última palavra
— Nossa primeira e última palavra —:
Os poetas baixaram do Olimpo.

Para os mais velhos
A poesia foi um objeto de luxo
Mas para nós
É um artigo de primeira necessidade:
Não podemos viver sem poesia.

Diferentemente dos mais velhos
— E digo isso com todo respeito —
Nós sustentamos
Que o poeta não é um alquimista
O poeta é um homem qualquer
Um pedreiro que constrói seu muro:
Um construtor de portas e janelas.

Nós conversamos
Na linguagem do dia a dia
Não acreditamos em signos cabalísticos.

E tem mais:
O poeta está aí
Para que a árvore não cresça torta.

Esta é a nossa mensagem.
Nós denunciamos o poeta demiurgo
O poeta Barata
O poeta Rato de Biblioteca.

Todos esses senhores
— E digo isso com muito respeito —
Devem ser processados e julgados
Por construir castelos no ar
Por desperdiçar espaço e tempo
Escrevendo sonetos à lua
Por agrupar palavras ao acaso
À última moda de Paris.
Para nós, não:
O pensamento não nasce na boca
Nasce no coração do coração.

Nós repudiamos
A poesia de óculos escuros
A poesia de capa e espada
A poesia de chapéu de aba larga.
Por outro lado, propiciamos
A poesia de olhos abertos
A poesia de peito aberto
A poesia de cabeça descoberta.

Não acreditamos em ninfas nem tritões.
A poesia tem que ser isto:
Uma garota rodeada de espigas
Ou não ser absolutamente nada.

Agora sim, no plano político
Eles, nossos avós imediatos,
Nossos bons avós imediatos!
Se refrataram e se dispersaram
Ao passar pelo prisma de cristal.
Uns poucos se tornaram comunistas.
Bom, não sei se o foram de fato.
Suponhamos que foram comunistas
O que sei é o seguinte:
Não foram poetas populares
Foram veneráveis poetas burgueses.

Há que dizer as coisas como são:
Apenas um ou outro
Soube chegar ao coração do povo.
Cada vez que puderam
Se declararam em palavras e ações
Contra a poesia engajada
Contra a poesia do presente
Contra a poesia proletária.

Aceitemos que foram comunistas
Mas a poesia foi um desastre
Surrealismo de segunda mão
Decadentismo de terceira mão
Tábuas velhas devolvidas pelo mar.
Poesia adjetiva
Poesia nasal e gutural
Poesia arbitrária
Poesia copiada dos livros
Poesia baseada
Na revolução da palavra
Quando deveria se fundar
Na revolução das ideias.
Poesia de círculo vicioso

Para meia dúzia de eleitos:
"Liberdade absoluta de expressão".

Hoje nos persignamos perguntando
Para que escreveriam essas coisas —
Para assustar o pequeno-burguês?
Tempo perdido miseravelmente!
O pequeno-burguês não reage
Senão quando se trata do estômago.

Como vão assustá-lo com poesias!

A situação é esta:
Enquanto eles defendiam
Uma poesia do crepúsculo
Uma poesia da noite
Nós propugnamos
A poesia do amanhecer.
Esta é a nossa mensagem
Os resplendores da poesia
Devem chegar a todos igualmente
A poesia é bastante para todos.

É isso, companheiros
Nós condenamos
— E isto, sim, digo com respeito —
A poesia de pequeno deus
A poesia de vaca sagrada
A poesia de touro furioso.

Contra a poesia das nuvens
Nós opomos
A poesia da terra firme
— Cabeça fria, coração quente
Somos terrafirmistas convictos —

Contra a poesia dos cafés
A poesia da natureza
Contra a poesia de salão
A poesia da praça pública
A poesia de protesto social.

Os poetas baixaram do Olimpo.

De *Canções russas* (1967)

Último brinde

Queiramos ou não
Temos apenas três alternativas:
O ontem, o presente e o amanhã.

E nem sequer três
Porque como diz o filósofo
O ontem é ontem
Pertence a nós apenas na memória:
A uma rosa que já se desfolhou
Não se pode arrancar outra pétala.

As cartas por jogar
São somente duas:
O presente e o dia de amanhã.

E nem sequer duas
Porque é um fato bem estabelecido
Que o presente não existe
Senão na medida em que se torna passado
E já passou...,
        como a juventude.

No fim das contas
Só nos resta mesmo o amanhã:
Eu ergo minha taça

A esse dia que não chega nunca
Mas que é o único
De que realmente dispomos.

Regresso

A despedida tinha que ser triste
Como toda despedida verdadeira:
Álamos, salgueiros, cordilheira, tudo
Parecia me dizer não vá.

E no entanto o regresso é mais triste...

Ainda que pareça absurdo
Toda minha gente desapareceu:
Engolida pela cidade antropófaga.

Me esperam apenas
As oliveiras doentes de pulgões
E o cachorro fiel
O capitão com uma pata quebrada.

A fortuna

A fortuna não ama quem a ama:
Esta pequena folha de louro
Chegou com anos de atraso.
Quando eu a desejava
Para ser desejado
Por uma dama de lábios morados
Me foi negada uma e outra vez
E me é dada agora que estou velho.
Agora que não me serve de nada.

Agora que não me serve de nada
Atiram-na em meu rosto
Quase
      como
           uma
                pá
              de
                terra...

Ritos

Cada vez que regresso
A meu país
        depois de uma longa viagem
A primeira coisa que faço
É perguntar pelos que morreram:
Todo homem é um herói
Pelo simples fato de morrer
E os heróis são nossos mestres.

E em segundo lugar
        pelos feridos.

Só depois
     não antes de cumprir
Este pequeno rito funerário
Me considero com direito à vida:
Fecho os olhos para ver melhor
E canto com rancor
Uma canção do começo do século.

Mendigo

Não dá para viver na cidade
Sem ter um ofício conhecido:
A polícia faz cumprir a lei.

Alguns são soldados
Que derramam seu sangue pela pátria
(Isso vai entre aspas)
Outros são comerciantes astutos
Que subtraem um grama
Ou dois ou três do quilo de ameixas.

E aqueles ali são sacerdotes
Que passeiam com um livro na mão.

Cada um conhece o seu negócio.
E qual vocês acham que é o meu?

Cantar
      olhando as janelas fechadas
Para ver se se abrem
E
  me
     deixam
         cair
             uma
                  moeda.

Atenção

Aos jovens aficionados
A cortejar garotas de boa índole
Nos jardins dos monastérios
Informo com toda a franqueza
Que no amor
por mais casto
Por mais inocente que pareça no começo
É comum surgirem complicações.

Estou totalmente de acordo
Que o amor é mais doce que o mel.

Porém adverte-se
Que no jardim há luzes e sombras
Além de sorrisos
No jardim há desgostos e lágrimas
No jardim há não só verdade
Mas também um pouco de mentira.

Só

Pouco
    a
        pouco
            fui
                ficando
                    só

Imperceptivelmente:
Pouco
    a
        pouco.

É triste a situação
De quem gozou de boa companhia
E por algum motivo a perdeu.

Não me queixo de nada: tive tudo
Mas
    sem
        me
            dar
                conta
Como uma árvore que perde uma a uma suas folhas
Fui
    ficando

só
　　pouco
　　　　a
　　　　　pouco.

Acácias

Passeando há muitos anos
Por uma rua de acácias em flor
Soube por um amigo bem informado
Que você acabara de se casar.
Respondi que claro
Que eu não tinha nada a ver com o assunto.
Mas apesar de nunca ter te amado
— Isso você sabe melhor do que eu —
Cada vez que florescem as acácias
— Imagine só —
Sinto a mesma coisa que senti
Quando me deram um banho de água fria
Com a notícia tão desoladora
De que você se casara com outro.

Cronos

Em Santiago do Chile
Os
    dias
        são
            interminavelmente
                    longos:
Várias eternidades num só dia.

Nos deslocamos em lombo de mula
Como os vendedores de charque:
Bocejamos. Voltamos a bocejar.

No entanto as semanas são curtas
Os meses passam em disparada
Eosanosparecemvoar.

Faz frio

É preciso ter paciência com o sol
Já faz quarenta dias
Que não o vemos em lugar nenhum.

Os astrônomos ianques
Examinam o céu com o cenho franzido
Como se estivesse cheio de maus presságios
E concluem que o sol está de viagem
Pelos países subdesenvolvidos
Com as malas cheias de dólares
Numa missão de caridade cristã.

E os sábios soviéticos
— Que estão prestes a lançar um homem à lua —
Comunicam que o sol
Anda pelos impérios coloniais
Fotografando índios desnutridos
E assassinatos de negros em massa.

Em quem,
        em quem podemos acreditar?

No poeta chileno
        que nos pede
Para ter paciência com o pobre sol!
Ele ficaria feliz de brilhar

E tostar os corpos e as almas
Dos banhistas do hemisfério norte
— Especialmente as coxas das garotas
Que ainda não fizeram vinte —
Para isso ele foi feito
Ele adoraria aquecer a terra
Para que o trigo brotasse de novo

Mas as nuvens não o deixam sair.

Ele não tem culpa de nada:
É preciso ter paciência com o sol.

Pussykatten

Este gato está ficando velho

Há alguns meses
Até sua própria sombra
Lhe parecia algo sobrenatural.

Seus bigodes elétricos
                    detectavam tudo:
Escaravelho,
            mosca,
                    libélula,
Tudo tinha para ele um valor específico.

Agora passa o tempo
Enrodilhado perto do braseiro.

Que o cachorro o fareje
Ou que os ratos mordam seu rabo
São fatos que para ele não têm nenhuma importância.

O mundo passa sem pena e sem glória
Através de seus olhos entornados.

Sabedoria?
            misticismo?
                        nirvana?

Seguramente as três coisas juntas.
E sobretudo
 t e m p o t r a s n s c o r r i d o.
O espinhaço branco de cinzas
Nos indica que ele é um gato
Que está além do bem e do mal.

Ninguém

Não dá para dormir
Alguém anda mexendo as cortinas.
Me levanto.
        Não tem ninguém.
Provavelmente são raios da lua.

Amanhã preciso levantar cedo
E não consigo pegar no sono:
Parece que alguém bateu na porta.

Me levanto novamente
Abro uma por uma:
O ar dá com tudo na minha cara
Mas a rua está completamente vazia.

Só se veem as fileiras de álamos
Que
    se
        movem
            no
                ritmo
                    do
                      vento.

Agora sim preciso dormir.
Tomo a última gota de vinho

Que ainda reluz na taça
Arrumo os lençóis
E dou uma última olhada no relógio
Mas ouço soluços de mulher
Abandonada por delitos de amor
No momento de fechar os olhos.

Desta vez não vou me levantar
Estou exausto de tanto soluço.

Agora cessaram todos os ruídos
Ouvem-se apenas as ondas do mar
Como se fossem os passos de alguém
Que se aproxima de nossa cabana desmantelada
E
   parece
      que
         não
            chega
               nunca.

De *Obra grossa* (1969)

Ata de independência

Independentemente
Dos desígnios da Igreja Católica
Me declaro um país independente.

Aos quarenta e nove anos de idade
O cidadão tem todo o direito
De se rebelar contra a Igreja Católica.
Que a terra me trague se eu minto.

A verdade é que me sinto feliz
À sombra destas acácias em flor
Feitas à medida do meu corpo.

Extraordinariamente feliz
À luz destas borboletas fosforescentes
Que parecem cortadas com tesouras
Feitas à medida da minha alma.

Que me perdoe o Comitê Central.

Em Santiago do Chile
A vinte e nove de novembro
De mil novecentos e sessenta e três:

Plenamente consciente dos meus atos.

Frases

Não cavemos nossa própria cova
O automóvel é uma cadeira de rodas
O leão é formado de cordeiros
Os poetas não têm biografia
A morte é um hábito coletivo
Crianças nascem para ser felizes
A realidade tende a desaparecer
Fornicar é um ato diabólico
Deus é um bom amigo dos mais pobres.

Pai nosso

Pai nosso que está no céu
Cheio de todo tipo de problemas
Com o cenho franzido
Como se fosse um homem comum e ordinário
Não pense mais em nós.

Nós entendemos que você sofre
Porque não pode consertar as coisas.
Sabemos que o Demônio não te deixa em paz
Desconstruindo o que você constrói.

Ele ri de você
Mas nós choramos contigo:
Não se preocupe com suas risadas diabólicas.

Pai nosso que está onde estiver
Rodeado de anjos desleais
Sinceramente: não sofra mais por nós
Você precisa entender
Que os deuses não são infalíveis
E que nós perdoamos tudo.

Agnus Dei

Horizonte de terra
           astros de terra
Lágrimas e soluços reprimidos
Boca que cospe terra
           dentes moles
Corpo que não é mais que um saco de terra
Terra com terra — terra com minhocas.
Alma imortal — espírito de terra.

Cordeiro de deus que lava os pecados do mundo
Me diga quantas maçãs há no paraíso terreno.

Cordeiro de deus que lava os pecados do mundo
Faça o favor de dizer as horas.

Cordeiro de deus que lava os pecados do mundo
Me dê sua lã para eu fazer um suéter.

Cordeiro de deus que lava os pecados do mundo
Nos deixe fornicar tranquilamente:
Não se intrometa nesse momento sagrado.

Discurso do bom ladrão

Lembre de mim quando estiver em seu reino
Me nomeie Presidente do Senado
Me nomeie Diretor do Orçamento
Me nomeie Procurador-Geral da República.

Lembre da coroa de espinhos
Faça-me Cônsul do Chile em Estocolmo
Me nomeie Diretor das Estradas de Ferro
Me nomeie Comandante-em-Chefe do Exército.

Aceito qualquer cargo
Conservador de Bens Imóveis
Diretor Geral de Bibliotecas
Diretor dos Correios e Telégrafos.

Secretário dos Transportes
Visitador de Parques e Jardins
Prefeito do Município de Ñuble.
Me nomeie Diretor do Zoológico.

Glória ao Pai
       Glória ao Filho
              Glória ao Espírito Santo
Me nomeie Embaixador em qualquer parte
Me nomeie Capitão do Colo-Colo

Me nomeie se quiser
Presidente do Corpo de Bombeiros.

Faça-me reitor do Liceu de Ancud.

No pior dos casos
Me nomeie Diretor do Cemitério.

Eu pecador

Eu galã imperfeito
Eu dançarino à beira do abismo,

Eu sacristão obsceno
Menino-prodígio dos lixões,

Eu sobrinho — eu neto
Eu confabulador de marca maior,

Eu senhor das moscas
Eu esquartejador de andorinhas,

Eu jogador de futebol
Eu nadador do regato Las Toscas,

Eu violador de tumbas
Eu satanás doente de caxumba,

Eu recruta indolente
Eu cidadão com direito a voto,

Eu ovelheiro do diabo
Eu boxeador vencido por minha sombra,

Eu bebedor insigne
Eu sacerdote da boa mesa,

Eu campeão de samba
Eu campeão absoluto de tango
De guaracha, de rumba, de valsa,

Eu pastor protestante
Eu caranguejo, eu pai de família,

Eu pequeno-burguês
Eu professor de ciências ocultas,

Eu comunista, eu conservador
Eu compilador de santos velhos,

(Eu turista de luxo)

Eu ladrão de galinha
Eu dançarino imóvel no ar,

Eu verdugo sem máscara
Eu semideus egípcio com cabeça de pássaro,

Eu de pé numa rocha de papelão:
Façam-se as trevas
Faça-se o caos,
          façam-se as nuvens,

Eu delinquente nato
Pego em flagrante

Roubando flores à luz da lua
Peço perdão a torto e a direito
Mas não me declaro culpado.

Regra de três

Independentemente
Dos vinte milhões de desaparecidos
Quanto vocês pensam que custou
A campanha de endeusamento de Stálin
Em dinheiro vivo e sonante:

Porque os monumentos custam caro.
Quanto vocês pensam que custou
Demolir essas massas de concreto?

Apenas a remoção da múmia
Do mausoléu para a vala comum
Deve ter custado uma fortuna.

E quanto pensam que gastaremos
Para repor essas estátuas sagradas?

Inflação

Aumento do pão gera novo aumento do pão
Aumento dos aluguéis
Provoca instantaneamente a duplicação dos cânones
Aumento dos artigos de vestuário
Gera o aumento dos artigos de vestuário.
Inexoravelmente
Giramos num círculo vicioso.
Dentro da jaula há alimento.
Pouco, mas há.
Fora dela só se veem enormes extensões de liberdade.

Quantas vezes vou ter que repetir!

Comprem inseticida
Tirem as teias de aranha do teto
Limpem os vidros das janelas —
estão cheios de excremento de mosca!
Eliminem a poeira dos móveis
E o mais urgente de tudo:
façam desaparecer as pombas:
todos os dias sujam meu automóvel!

Onde diabos meteram meus fósforos!?

A cruz

Cedo ou tarde chegarei soluçando
Aos braços abertos da cruz.

Mais cedo que tarde cairei
Ajoelhado aos pés da cruz.

Tenho que resistir
Para não me casar com a cruz:
Veem como ela me estende os braços?

Não será hoje
           amanhã
                     nem depois
de amanhã
           mas será o que tem de ser.

Por enquanto a cruz é um avião
uma mulher com as pernas abertas.

Jogos infantis

I

Um menino detém seu voo na torre da catedral
e se põe a brincar com os ponteiros do relógio
se apoia sobre eles impedindo-os de avançar
e como por magia os transeuntes param petrificados
numa pose qualquer
com um pé no ar
olhando para trás como a estátua de Lot
acendendo um cigarro etc., etc.
Depois pega os ponteiros e os gira para trás a toda
                                                          [velocidade
para-os de súbito — gira-os ao contrário
e os transeuntes correm — freiam bruscamente
como no cinema mudo as imagens ficam em suspenso
trotam em direção norte-sul
ou caminham solenemente em câmera lenta
em sentido oposto aos ponteiros do relógio.
Um casal se casa — tem filhos e se divorcia em fração de
                                                           [segundos
os filhos também se casam-morrem.

No entanto o menino
Deus ou como se queira chamá-lo
Destino ou simplesmente Cronos se entedia como uma ostra
e empreende o voo em direção ao Cemitério Geral.

II

Tal como se indicou no poema anterior
o menino travesso chega ao cemitério
faz saltarem as tampas dos sepulcros
os defuntos se soerguem nas tumbas
ouvem-se golpes à distância
reina um desconcerto geral.

Os defuntos parecem cansados
com os pés cheios de terra
e sem abandonar ainda suas tumbas
conversam animadamente entre si
como esportistas tomando uma ducha.

Trocam impressões sobre o Além
alguns procuram objetos perdidos
outros se afundam até os joelhos na terra
enquanto avançam em direção à porta do campo-santo.

III

Morrendo de rir o menino retorna à cidade
faz nascerem monstros
provoca tremores de terra
mulheres cabeludas correm nuas
velhos que parecem fetos riem e fumam.

Estala uma tempestade elétrica
que culmina na aparição de uma mulher crucificada.

Sigmund Freud

Pássaro com as penas na boca
Já não se pode mais com o psiquiatra:
Tudo ele relaciona com o sexo.

Nas obras de Freud é onde se encontram
As afirmações mais peregrinas.

Segundo este senhor
Os objetos de forma triangular
— Bico de pena, pistola, arcabuz,
Lápis, encanamentos, bastões —
Representam o sexo masculino;
Os objetos de forma circular
Representam o sexo feminino.

Mas o psiquiatra vai mais além:
Não apenas cones e cilindros
Quase todos os corpos geométricos
São para ele instrumentos sexuais
A saber as pirâmides do Egito.

Mas a coisa não para por aí
Nosso herói ainda vai mais longe:
Onde nós enxergamos artefatos
Por exemplo, lâmpadas ou mesas
O psiquiatra vê pênis e vaginas.

Analisemos um caso concreto:
Um neurótico vai por uma rua
De repente para e vira a cabeça
Porque algo lhe chama a atenção
— Uma bétula, uma calça listrada
Um objeto que passa pelo ar —
Na nomenclatura do psiquiatra
Isso quer dizer
Que a vida sexual de seu cliente
Anda para lá de complicada.

Vemos um automóvel
Um automóvel é um símbolo fálico
Vemos um edifício em construção
Um edifício é um símbolo fálico
Nos chamam para andar de bicicleta
A bicicleta é um símbolo fálico
Vamos todos parar no cemitério
O cemitério é um símbolo fálico
Vemos um mausoléu
Um mausoléu é um símbolo fálico

Vemos um deus pregado numa cruz
Um crucifixo é um símbolo fálico
Compramos um mapa da Argentina
Para estudar o problema das fronteiras
Toda a Argentina é um símbolo fálico
Nos convidam à China Popular
Mao Tsé-Tung é um símbolo fálico
Para normalizar a situação
É preciso dormir uma noite em Moscou
O passaporte é um símbolo fálico
A Praça Vermelha é um símbolo fálico.

O avião solta fogo pela boca.

Comemos um pão com manteiga
A manteiga é um símbolo fálico.
Descansamos um pouco num jardim
A borboleta é um símbolo fálico
O telescópio é um símbolo fálico
A mamadeira é um símbolo fálico.

Em capítulo à parte
Vêm as alusões à vulva.
Vamos silenciá-las por decoro
Quando não a comparam à coruja
Que representa a sabedoria
Comparam-na com sapos ou com rãs.

No aeroporto de Pequim
Faz um calor dos dez mil demônios
Nos esperam com flores e refrescos.
Desde que faço uso da razão
Eu não via flores tão bonitas.
Desde que o mundo é mundo
Eu não via gente tão amável
Desde que os planetas são planetas
Eu não via gente tão alegre.

Desde que fui lançado
Pra fora do paraíso terreno.

Mas retornemos ao nosso poema.

Embora pareça esquisito
O psiquiatra tinha razão
No momento em que passa por um túnel
O artista começa a delirar.
Primeiro vai conhecer uma fábrica
E aí é que começa a loucura.

Sintoma principal:
Tudo ele relaciona com o ato
Já não distingue a lua do sol
Tudo ele relaciona com o ato
Os pistões são órgãos sexuais
Os cilindros são órgãos sexuais
Os toca-discos são órgãos sexuais
As manivelas são órgãos sexuais
Os reatores são órgãos sexuais
Porcas e parafusos órgãos sexuais
Locomotivas órgãos sexuais
Embarcações órgãos sexuais.

O labirinto não tem saída.

O Ocidente é uma grande pirâmide
Que termina e começa num psiquiatra:
A pirâmide está por derrubar.

Defesa de Violeta Parra

Doce vizinha da verde floresta
Hóspede eterna do abril florido
Grande inimiga dos pés de amora
Violeta Parra.

Jardineira
        louceira
                costureira
Bailarina da água transparente
Árvore cheia de pássaros cantores
Violeta Parra.

Já percorreste toda a comarca
Desenterrando cântaros de argila
E libertando pássaros cativos
Entre as ramagens.

Preocupada sempre com os outros
Quando não com o sobrinho
                        com a tia
Quando é que vais te lembrar de ti mesma
Viola piedosa.

A tua dor é um círculo infinito
Que não começa nem termina nunca

Porém tu te sobrepões a tudo
Viola admirável.

Quando se trata de dançar a *cueca*
Do teu violão ninguém jamais escapa
Até os mortos saem a dançar
Cueca valseada.

Cueca da batalha de Maipú
Cueca do Naufrágio do Angamos
Cueca do Terremoto de Chillán
Todas as coisas.

Nem bandurria
          nem cotovia
                    nem sabiá

Nem codorniz livre nem cativa
Tu
    somente tu
          três vezes tu
                Ave do paraíso terrenal.

Tagarela
      gaivota de água doce
Todos os adjetivos são poucos
Todos os substantivos são poucos
Para te nomear.

Poesia
    pintura
        agricultura
Tu fazes tudo às mil maravilhas
Sem o mínimo esforço
Como quem bebe uma taça de vinho.

Porém os secretários não te estimam
E te fecham a porta de tua casa
E te declaram guerra até à morte
Viola dolente.

Porque tu não te vestes de palhaço
Porque tu não te compras nem te vendes
Porque falas a língua desta terra
Viola chilensis.

Porque tu os desmascaras no ato!

Como vão gostar de ti
                eu me pergunto
Quando são só uns tristes funcionários
Cinzentos como as pedras do deserto
Não é mesmo?

Tu por outro lado
                Violeta dos Andes
Flor da cordilheira da costa
És um manancial inesgotável
De vida humana.

Teu coração se abre quando quer
Tua vontade se fecha quando quer
E tua saúde navega quando quer
Águas acima!

Basta que tu as chames por seus nomes
Para que as cores e as formas
Se levantem e andem como Lázaro
Em corpo e alma.

Ninguém pode queixar-se quando tu
Cantas a meia-voz ou quando gritas
Como se estivessem te degolando
Viola vulcânica!

O que têm de fazer quando te ouvem
É guardar um silêncio religioso
Porque teu canto sabe aonde vai
Perfeitamente.

São raios o que sai da tua voz
Rumando aos quatro pontos cardeais
Vindimadora ardente de olhos negros
Violeta Parra.

Eles te acusam disso e daquilo
Eu te conheço e digo quem tu és
Ó cordeirinho disfarçado de lobo!
Violeta Parra.

Eu te conheço bem
                mana velha
Norte e sul do país atormentado
Valparaíso afundado para cima
Ilha de Páscoa!

Sacristã cuyaca de Andacollo
Tecedeira de rendas e bordados
Velha fazedora de anjinhos
Violeta Parra.

Os veteranos de Setenta e Nove
Choram ao te ouvirem soluçar
No abismo da noite mais escura
Lâmpada de sangue!

Cozinheira
        ama-seca
                lavadeira
Ajudante
        todos os ofícios
Todas as tonalidades do crepúsculo
Viola funebris.

Eu não sei o que dizer nesta hora
Minha cabeça dá voltas e mais voltas
Como se eu tivesse bebido cicuta
Minha irmãzinha.

Onde vou encontrar outra Violeta
Nem que percorra campos e cidades
Ou que fique sentado no jardim
Como um inválido.

Para te ver melhor eu fecho os olhos
E retrocedo até os dias felizes
Sabes o que estou vendo?
Teu avental salpicado de maqui.

Teu avental salpicado de maqui
Rio Cautín!
        Lautaro!
                Villa Alegre!
Ano mil novecentos e vinte e sete
Violeta Parra!
Porém eu não confio nas palavras
Por que não te levantas dessa tumba
A cantar
        a dançar
                a navegar
Em teu violão?

Canta-me uma canção inesquecível
Uma canção que não termine nunca
Uma canção apenas
                    uma canção
É o que te peço.

Que te custa mulher árvore florida
Ergue-te de corpo e alma do sepulcro
E faz estalar as pedras com tua voz
Violeta Parra

Isto é o que eu queria te dizer

Continua tecendo teus arames
Teus ponchos araucanos
Teus cantarinhos de Quinchamalí
Continua polindo noite e dia
Teus toromiros de madeira sagrada
Sem aflição
            sem lágrimas inúteis
Ou se quiseres com lágrimas ardentes
E lembra-te que és
Um cordeirinho disfarçado de lobo.

Cartas do poeta que dorme numa cadeira

I

Eu digo as coisas tal como são
Ou sabemos tudo de antemão
Ou nunca saberemos absolutamente nada.
A única coisa que nos permitem
É aprender a falar corretamente.

II

Todas as noites sonho com mulheres
Algumas riem ostensivamente de mim
Outras me acertam um golpe na nuca.
Não me deixam em paz.
Estão em guerra permanente comigo.

Me levanto com cara de trovão.

Do que se deduz que estou louco
Ou pelo menos que estou morto de medo.

III

Custa bastante trabalho crer
Num deus que deixa suas criaturas
Abandonadas à própria sorte
À mercê das ondas da velhice
E das doenças
Pra não dizer nada da morte.

IV

Sou dos que saúdam as carroças.

V

Jovens
Escrevam o que quiserem
No estilo que acharem melhor
Já correu sangue demais por baixo das pontes
Pra continuar acreditando — acredito
Que só se pode seguir um caminho:
Em poesia tudo é permitido.

VI

Doença
      Decrepitude
           e Morte
Dançam como donzelas inocentes
Ao redor do lago dos cisnes
Seminuas
      bêbadas
Com seus lascivos lábios de coral.

VII

Fica declarado
Que não existem habitantes na lua

Que as cadeiras são mesas
Que as borboletas são flores em movimento perpétuo
Que a verdade é um erro coletivo
Que o espírito morre com o corpo

Fica declarado
que as rugas não são cicatrizes.

VIII

Toda vez que por alguma razão
Tive que descer
Da minha pequena torre de tábuas
Voltei tiritando de frio
De solidão
        de medo
                de dor.

IX

Já desapareceram os bondes
Cortaram as árvores
O horizonte está cheio de cruzes.

Marx foi negado sete vezes
E nós continuamos por aqui.

X

Alimentar abelhas com fel
Inocular o sêmen pela boca
Ajoelhar-se numa poça de sangue
Espirrar na capela-ardente
Ordenhar uma vaca
E derramar-lhe o próprio leite na cabeça.

XI

Das nuvens do café da manhã
Aos trovões da hora do almoço
E daí aos relâmpagos do jantar.

XII

Eu não fico triste facilmente
Para ser sincero
Até as caveiras me fazem rir.
Cumprimenta-os com lágrimas de sangue
O poeta que dorme numa cruz.

XIII

O dever do poeta
Consiste em superar a página em branco
Duvido que isto seja possível.

XIV

Só com a beleza me conformo
A feiura me causa dor.

XV

Última vez que repito a mesma coisa
Os vermes são deuses
As borboletas são flores em movimento perpétuo
Dentes cariados
        dentes quebradiços
Eu sou do tempo do cinema mudo.

Fornicar é um ato literário.

XVI

Aforismos chilenos:
Todas as ruivas têm sardas
O telefone sabe o que diz
Nunca perdeu mais tempo a tartaruga
do que quando tomou lições da águia.

O automóvel é uma cadeira de rodas.

O viajante que olha pra trás
Corre o sério perigo
De que sua sombra não queira segui-lo.

XVII

Analisar é renunciar a si mesmo
Só é possível raciocinar em círculo
Só se vê o que se quer ver
Um nascimento não resolve nada
Reconheço que me caem as lágrimas.

Um nascimento não resolve nada
Só a morte diz a verdade
A poesia mesmo não convence.
Nos ensinam que o espaço não existe

Nos ensinam que o tempo não existe
Mas seja como for
A velhice é um fato consumado.

Seja o que a ciência determinar.

Me dá sono ler os meus poemas
E no entanto foram escritos com sangue.

Telegramas

I

Deixem de conversa mole
Aqui ninguém tem o rabo preso.

Deus fez o mundo em uma semana
Mas eu o destruo em um momento.

II

Me falem de mulheres peladas
Me falem de sacerdotes egípcios
Claro como escarro
Eu me ajoelho e beijo a terra
Ao mesmo tempo que como um churrasco.

Eu não sou de direita nem de esquerda
Eu simplesmente rompo os modelos.

III

Mas para que diabos eu escrevo?
Para que me respeitem e me queiram
Para cumprir com deus e com o diabo
Para deixar registro de tudo.

Para chorar e rir ao mesmo tempo
Em verdade em verdade
Não sei pra que diabos escrevo:
Suponhamos que escrevo por inveja.

IV

Como turista sou um fracasso completo
Só de pensar no Arco do Triunfo
Toda minha pele se arrepia.

Eu venho das pirâmides do Egito.

Em verdade em verdade
As catedrais me dão nos nervos.

V

Vai saber quem criou as estrelas
Talvez o sol seja uma mosca
Talvez o tempo não transcorra
Talvez a terra não se mova.

Enquanto eu estiver na capela
Não morrerei de morte natural
Pode ser que as moscas sejam anjos
Pode ser que o sangue do nariz
Sirva para lustrar os sapatos.

Pode ser que a carne esteja podre.

VI

Com a chegada da primavera
Deixo de ser um homem ordinário
E me transformo numa espécie de catapulta
Que projeta escarros sanguinolentos
Rumo aos quatro pontos cardeais.

Só a lua sabe quem eu sou.

VII

Está encerrado o século XIX
Toda minha pele se arrepia.
Tivesse eu um pouco de siso
Para correr pelas escarpas
E pernoitar ao pé de uma vaca.
Olhem esses magníficos mosquitos
Esses insuperáveis paquidermes
Que vão se deslocando pelo ar
Como se fossem balões coloridos.
Concordam que dá vontade
De pegar um pincel
E pintar tudo de branco?

VIII
Mudando de assunto
Lhes recordo que a alma é imortal.
O espírito morre
               o corpo não.

Sob o ponto de vista do ouvido
Luz e matéria são a mesma coisa

Ambas se sentam numa mesma cama
Ambas se deitam em idêntica mesa.

Cá entre nós:
O espírito morre com a morte.

Me defino como homem razoável

Me defino como homem razoável
Não como professor iluminado
Nem como vate que sabe de tudo.
Claro que às vezes me pego fazendo
O papel de galã incandescente
(Porque não sou um santo do pau oco)
Porém não me defino como tal.

Sou um modesto pai de família
Um ferrabrás que paga seus impostos.
Nem Nero nem Calígula:
Um sacristão
         um homem ordinário
Um aprendiz de santo do pau oco.

Pensamentos

O que é o homem
               se pergunta Pascal:
Uma potência de expoente zero.
Nada
    se comparado com o todo
Tudo
    se comparado com o nada:
Nascimento mais morte:
Ruído multiplicado pelo silêncio:
Média aritmética entre tudo e nada.

Me retrato de tudo que foi dito

Antes de me despedir
Tenho direito a um último desejo:
Generoso leitor
              queime este livro
Não representa o que eu quis dizer
Apesar de ter sido escrito com sangue
Não representa o que eu quis dizer.

Minha situação não pode ser mais triste
Fui derrotado por minha própria sombra:
As palavras se vingaram de mim.

Perdoe-me leitor
Amistoso leitor
Que não possa me despedir de você
Com um abraço fiel:
Me despeço de você
Com um triste sorriso forçado.

Talvez eu não seja nada além disso
Mas ouça minha última palavra:
Me retrato de tudo o que foi dito.
Com a maior amargura do mundo
Me retrato de tudo o que eu disse.

Chile

É engraçado ver os camponeses de Santiago do Chile
de cenho franzido
ir e vir pelas ruas do centro
ou pelas ruas dos arrabaldes
preocupados-lívidos-mortos de susto
por razões de ordem política
por razões de ordem sexual
por razões de ordem religiosa
dando como certa a existência
da cidade e de seus habitantes:
embora esteja provado que os habitantes ainda não nasceram
nem nascerão antes de sucumbir
e que Santiago do Chile é um deserto.

Acreditamos ser país
e a verdade é que somos apenas paisagem.

Total zero

1

A morte não respeita nem os humoristas de boa cepa
para ela todas as piadas são ruins
apesar de ser ela em pessoa
quem nos ensina a arte de rir
tomemos o caso de Aristófanes
ajoelhado sobre os próprios joelhos
rindo como um energúmeno nas próprias barbas da Parca:
quisera ter economizado vida tão preciosa
mas a Morte que não respeita Fulanos
irá respeitar Sicranos, Beltranos ou Perenganos?

2

Enquanto escrevo a palavra enquanto
e os jornais anunciam o suicídio de Pablo de Rokha
vale dizer o homicídio de Carlos Díaz Loyola
perpetrado por seu próprio irmão de leite
na rua Valladolid 106
— um tiro na boca
com uma Smith & Wesson calibre 44,
enquanto escrevo a palavra enquanto
embora pareça um pouquinho grandiloquente
penso morto de raiva

assim passa a glória do mundo
sem pena
      sem glória
           sem mundo
sem um miserável sanduíche de mortadela.

3

Agimos como ratos
em circunstâncias de que somos deuses
bastaria abrirmos um pouco as asas
e pareceríamos seres humanos
mas preferimos andar sobre as patas
— veja-se o caso do pobre Droguett —

Pelo visto não temos remédio
Fomos engendrados e paridos por tigres
Mas nos comportamos como gatos.

De *Emergency poems* (1972)

Não creio na via pacífica

não creio na via violenta
eu gostaria de crer
em algo — mas não creio
crer é crer em Deus
a única coisa que faço
é encolher os ombros
me perdoem a franqueza
não creio nem na Via Láctea

Tempos modernos

Atravessamos tempos calamitosos
impossível falar sem incorrer em crime de contradição
impossível calar sem se tornar cúmplice do Pentágono.
Sabe-se perfeitamente que não há alternativa possível
todos os caminhos levam a Cuba
mas o ar está sujo
e respirar é um ato falho.
O inimigo diz
que o país tem toda a culpa
como se os países fossem homens.
Nuvens malditas revoluteiam em torno de vulcões malditos
embarcações malditas empreendem expedições malditas
árvores malditas se desfazem em pássaros malditos:
tudo contaminado de antemão.

Abro outra garrafa

e prossigo meu baile de costume
estico uma perna
que poderia perfeitamente ser braço
recolho um braço
que poderia perfeitamente ser perna

me agacho sem parar de dançar
e desamarro os senhores sapatos
um deles atiro pra cima do céu
o outro afundo bem fundo na terra

agora começo a tirar o suéter

nisso escuto tocar o telefone
me chamam do senhor escritório
respondo que vou continuar dançando
enquanto não aumentarem meu salário

Alguém atrás de mim

lê cada palavra que eu escrevo
por cima do meu ombro direito
e ri desavergonhadamente dos meus problemas
um senhor de túnica e cajado

olho mas não enxergo ninguém
entretanto sei que me espiam

Sete

são os temas fundamentais da poesia lírica
em primeiro lugar o púbis da donzela
depois a lua cheia que é o púbis do céu
os bosquezinhos abarrotados de pássaros
o crepúsculo que parece um cartão-postal
o instrumento musical chamado violino
e a maravilha absoluta que é um cacho de uvas

De *Folhas de Parra* (1985)

Missão cumprida

árvores plantadas	17
filhos	6
obras publicadas	7
total	30

operações cirúrgicas	1
quedas fatais	17
cáries dentárias	17
total	35

lágrimas	0
gotas de sangue	0
total	0

beijos comuns	48
" de língua	17
" através do espelho	1
" de luxo	4
" Metro Goldwyn Mayer	3
total	548

meias	7
cuecas	1
toalhas	0
camisas esporte	1
lenços de mão	43
total	473

mapa-múndi	1
candelabros de bronze	2
catedrais góticas	0
total	3

humilhações	7
salas de espera	433
salões de cabeleireiro	48
total	1534901

capitais europeias	548
piolhos e pulgas	333333333
Apolo 16	1
total	49

secreções glandulares	4
padrinhos de casamento	7
porcas e parafusos	4
total	15

joias literárias	1
padres da Igreja	1
globos aerostáticos	17
total	149

O que ganha um velho fazendo ginástica

o que ganhará falando ao telefone
o que ganhará se tornando famoso
o que ganha um velho se olhando no espelho

Nada
além de afundar ainda mais na lama

Já são umas três ou quatro da madrugada
por que não trata de ficar dormindo
mas não — tome a fazer ginástica
tome a fazer ligações de longa distância
tome Bach
        tome Beethoven
                tome Tchaikovsky
tome a se olhar no espelho
tome com a mania de continuar respirando

lamentável — era melhor apagar a luz

Velho ridículo lhe diz sua mãe
é exatamente igual ao seu pai
ele tampouco queria morrer
Deus lhe dê vida para andar de carro
Deus lhe dê vida para falar ao telefone
Deus lhe dê vida para respirar
Deus lhe dê vida para enterrar sua mãe

Pegou no sono velho ridículo!
mas o ancião não pensa em dormir
não confundir chorar com dormir

Sete trabalhos voluntários e um ato sedicioso

1

o poeta atira pedras na lagoa
círculos concêntricos se propagam

2

o poeta sobe numa cadeira
para dar corda num relógio de bolso

3

o poeta lírico se ajoelha
diante de uma cerejeira em flor
e começa a rezar um pai-nosso

4

o poeta se veste de homem-rã
e mergulha na piscina do parque

5

o poeta se atira no vazio
pendurado num guarda-chuva
do último andar da Torre Diego Portales

6

o poeta se entrincheira no Túmulo do Soldado Desconhecido
e dali dispara flechas envenenadas nos transeuntes

7

o poeta maldito
se entretém atirando pássaros nas pedras

Ato sedicioso

o poeta corta as próprias veias
em homenagem a seu país natal

O homem imaginário

O homem imaginário
vive em uma mansão imaginária
rodeada de árvores imaginárias
na beira de um rio imaginário

Dos muros que são imaginários
pendem antigos quadros imaginários
irreparáveis fendas imaginárias
que representam feitos imaginários
ocorridos em mundos imaginários
em lugares e tempos imaginários

Todas as tardes tardes imaginárias
sobe as escadarias imaginárias
e sai para a sacada imaginária
para ver a paisagem imaginária
que consiste em um vale imaginário
circundado por montes imaginários

Sombras imaginárias
vêm pelo caminho imaginário
entoando canções imaginárias
à morte do sol imaginário

E nas noites de lua imaginária
sonha com a mulher imaginária

que lhe brindou seu amor imaginário
volta a sentir aquela mesma dor
aquele mesmo prazer imaginário
e volta a palpitar
o coração do homem imaginário

Nota sobre a lição da antipoesia

1. Na antipoesia se busca a poesia, não a eloquência.

2. Os antipoemas devem ser lidos na mesma ordem em que foram escritos.

3. Temos que ler com o mesmo prazer os poemas e os antipoemas.

4. A poesia passa — a antipoesia também.

5. O poeta fala a todos nós sem fazer nenhuma distinção.

6. Nossa curiosidade nos impede muitas vezes de gozar plenamente da antipoesia por tentar entender e discutir aquilo que não se deve.

7. Se quer aproveitar, leia de boa-fé e não se alegre jamais em nome do literato.

8. Pergunte com boa vontade e ouça sem contestar a palavra dos poetas: que não te desagradem as sentenças dos velhos pois não as proferem por acaso.

9. Saudações a todos.

O anti-Lázaro

Morto não se levante dessa tumba
o que ganharia em ressuscitar
uma façanha
            e depois
                      a rotina de sempre
não te convém meu velho não convém

o orgulho o sangue a avareza
a tirania do desejo venéreo
as dores causadas pela mulher

o enigma do tempo
as arbitrariedades do espaço

reconsidere morto reconsidere
já se esqueceu de como eram as coisas?
qualquer dificuldade você já explodia
em impropérios a torto e a direito

tudo te incomodava
você não suportava mais
nem a presença da sua própria sombra

memória fraca velho memória fraca!
seu coração era um monte de escombros
— estou citando os seus próprios escritos —
e de sua alma não restava nada

pra que voltar ao inferno de Dante
pra que se repita toda a comédia?
que divina comédia nem milonga
fogos de artifício — ilusão de ótica
isca pra caçar ratos gulosos
isso sim seria um disparate

você é feliz cadáver é feliz
neste sepulcro não te falta nada
você não tem com que se preocupar

alô — alô está escutando?

quem é que não iria preferir
o amor da terra
aos carinhos de uma triste prostituta
ninguém que esteja em seus 5 sentidos
a não ser que tenha pacto com o diabo

fique deitado homem fique deitado
sem as aguilhoadas da incerteza
amo e senhor do seu próprio ataúde
na quietude da noite absoluta
livre de tormentos e canseiras
como se nunca tivesse estado em pé

não ressuscite por nenhum motivo
não tem por que você passar nervoso
como disse o poeta
você tem a morte inteira pela frente

Poemas originais em espanhol

DE *POEMAS Y ANTIPOEMAS* (1954)

Es olvido

Juro que no recuerdo ni su nombre,
Mas moriré llamándola María,
No por simple capricho de poeta:
Por su aspecto de plaza de provincia.
¡Tiempos aquellos! Yo un espantapájaros,
Ella una joven pálida y sombría.
Al volver una tarde del Liceo
Supe de la su muerte inmerecida,
Nueva que me causó tal desengaño
Que derramé una lágrima al oírla.
Una lágrima, sí, ¡quién lo creyera!
Y eso que soy persona de energía.
Si he de conceder crédito a lo dicho
Por la gente que trajo la noticia
Debo creer, sin vacilar un punto,
Que murió con mi nombre en las pupilas,
Hecho que me sorprende, porque nunca
Fue para mí otra cosa que una amiga.
Nunca tuve con ella más que simples
Relaciones de estricta cortesía,
Nada más que palabras y palabras
Y una que otra mención de golondrinas.
La conocí en mi pueblo (de mi pueblo
Solo queda un puñado de cenizas),
Pero jamás vi en ella otro destino
Que el de una joven triste y pensativa.
Tanto fue así que hasta llegué a tratarla
Con el celeste nombre de María,

Circunstancia que prueba claramente
La exactitud central de mi doctrina.
Puede ser que una vez la haya besado,
¡Quién es el que no besa a sus amigas!
Pero tened presente que lo hice
Sin darme cuenta bien de lo que hacía.
No negaré, eso sí, que me gustaba
Su inmaterial y vaga compañía
Que era como el espíritu sereno
Que a las flores domésticas anima.
Yo no puedo ocultar de ningún modo
La importancia que tuvo su sonrisa
Ni desvirtuar el favorable influjo
Que hasta en las mismas piedras ejercía.
Agreguemos, aún, que de la noche
Fueron sus ojos fuente fidedigna.
Mas, a pesar de todo, es necesario
Que comprendan que yo no la quería
Sino con ese vago sentimiento
Con que a un pariente enfermo se designa.
Sin embargo sucede, sin embargo,
Lo que a esta fecha aún me maravilla,
Ese inaudito y singular ejemplo
De morir con mi nombre en las pupilas,
Ella, múltiple rosa inmaculada,
Ella que era una lámpara legítima.
Tiene razón, mucha razón, la gente
Que se pasa quejando noche y día
De que el mundo traidor en que vivimos
Vale menos que rueda detenida:
Mucho más honorable es una tumba,
Vale más una hoja enmohecida,
Nada es verdad, aquí nada perdura,
Ni el color del cristal con que se mira.

Hoy es un día azul de primavera,
Creo que moriré de poesía,
De esa famosa joven melancólica

No recuerdo ni el nombre que tenía.
Solo sé que pasó por este mundo
Como una paloma fugitiva:
La olvidé sin quererlo, lentamente,
Como todas las cosas de la vida.

SE CANTA EL MAR

Nada podrá apartar de mi memoria
La luz de aquella misteriosa lámpara,
Ni el resultado que en mis ojos tuvo
Ni la impresión que me dejó en el alma.
Todo lo puede el tiempo, sin embargo
Creo que ni la muerte ha de borrarla.
Voy a explicarme aquí, si me permiten,
Con el eco mejor de mi garganta.
Por aquel tiempo yo no comprendía
Francamente ni cómo me llamaba,
No había escrito aún mi primer verso
Ni derramado mi primera lágrima;
Era mi corazón ni más ni menos
Que el olvidado kiosco de una plaza.
Mas sucedió que cierta vez mi padre
Fue desterrado al sur, a la lejana
Isla de Chiloé donde el invierno
Es como una ciudad abandonada.
Partí con él y sin pensar llegamos
A Puerto Montt una mañana clara.
Siempre había vivido mi familia
En el valle central o en la montaña,
De manera que nunca, ni por pienso,
Se conversó del mar en nuestra casa.
Sobre este punto yo sabía apenas
Lo que en la escuela pública enseñaban
Y una que otra cuestión de contrabando
De las cartas de amor de mis hermanas.

Descendimos del tren entre banderas
Y una solemne fiesta de campanas
Cuando mi padre me cogió de un brazo
Y volviendo los ojos a la blanca,
Libre y eterna espuma que a lo lejos
Hacia un país sin nombre navegaba,
Como quien reza una oración me dijo
Con voz que tengo en el oído intacta:
"Este es, muchacho, el mar". El mar sereno,
El mar que baña de cristal la patria.
No sé decir por qué, pero es el caso
Que una fuerza mayor me llenó el alma
Y sin medir, sin sospechar siquiera,
La magnitud real de mi campaña,
Eché a correr, sin orden ni concierto,
Como un desesperado hacia la playa
Y en un instante memorable estuve
Frente a ese gran señor de las batallas.
Entonces fue cuando extendí los brazos
Sobre el haz ondulante de las aguas,
Rígido el cuerpo, las pupilas fijas,
En la verdad sin fin de la distancia,
Sin que en mi ser moviérase un cabello,
¡Como la sombra azul de las estatuas!
Cuánto tiempo duró nuestro saludo
No podrían decirlo las palabras.
Solo debo agregar que en aquel día
Nació en mi mente la inquietud y el ansia
De hacer en verso lo que en ola y ola
Dios a mi vista sin cesar creaba.
Desde ese entonces data la ferviente
Y abrasadora sed que me arrebata:
Es que, en verdad, desde que existe el mundo,
La voz del mar en mi persona estaba.

Desorden en el cielo

Un cura, sin saber cómo,
Llegó a las puertas del cielo,
Tocó la aldaba de bronce,
A abrirle vino San Pedro:
"Si no me dejas entrar
Te corto los crisantemos".
Con voz respondióle el santo
Que se parecía al trueno:
"Retírate de mi vista
Caballo de mal agüero,
Cristo Jesús no se compra
Con mandas ni con dinero
Y no se llega a sus pies
Con dichos de marinero.
Aquí no se necesita
Del brillo de tu esqueleto
Para amenizar el baile
De Dios y de sus adeptos.
Viviste entre los humanos
Del miedo de los enfermos
Vendiendo medallas falsas
Y cruces de cementerio.
Mientras los demás mordían
Un mísero pan de afrecho
Tú te llenabas la panza
De carne y de huevos frescos.
La araña de la lujuria
Se multiplicó en tu cuerpo
Paraguas chorreando sangre
¡Murciélago del infierno!".

Después resonó un portazo,
Un rayo iluminó el cielo,
Temblaron los corredores
Y el ánima sin respeto

Del fraile rodó de espaldas
Al hoyo de los infiernos.

Autorretrato

Considerad, muchachos,
Esta lengua roída por el cáncer:
Soy profesor en un liceo obscuro,
He perdido la voz haciendo clases.
(Después de todo o nada
Hago cuarenta horas semanales.)
¿Qué os parece mi cara abofeteada?
¡Verdad que inspira lástima mirarme!
Y qué decís de esta nariz podrida
Por la cal de la tiza degradante.

En materia de ojos, a tres metros
No reconozco ni a mi propia madre.
¿Qué me sucede? — Nada.
Me los he arruinado haciendo clases:
La mala luz, el sol,
La venenosa luna miserable.
Y todo para qué,
Para ganar un pan imperdonable
Duro como la cara del burgués
Y con sabor y con olor a sangre.
¡Para qué hemos nacido como hombres
Si nos dan una muerte de animales!

Por el exceso de trabajo, a veces
Veo formas extrañas en el aire,
Oigo carreras locas,
Risas, conversaciones criminales.
Observad estas manos
Y estas mejillas blancas de cadáver,
Estos escasos pelos que me quedan,

¡Estas negras arrugas infernales!
Sin embargo yo fui tal como ustedes,
Joven, lleno de bellos ideales,
Soñé fundiendo el cobre
Y limando las caras del diamante:
Aquí me tienen hoy
Detrás de este mesón inconfortable
Embrutecido por el sonsonete
De las quinientas horas semanales.

Epitafio

De estatura mediana,
Con una voz ni delgada ni gruesa,
Hijo mayor de un profesor primario
Y de una modista de trastienda;
Flaco de nacimiento
Aunque devoto de la buena mesa;
De mejillas escuálidas
Y de más bien abundantes orejas;
Con un rostro cuadrado
En que los ojos se abren apenas
Y una nariz de boxeador mulato
Baja a la boca de ídolo azteca
— Todo esto bañado
Por una luz entre irónica y pérfida —
Ni muy listo ni tonto de remate
Fui lo que fui: una mezcla
De vinagre y aceite de comer
¡Un embutido de ángel y bestia!

Advertencia al lector

El autor no responde de las molestias que puedan ocasionar sus
[escritos:
Aunque le pese
El lector tendrá que darse siempre por satisfecho.
Sabellius, que además de teólogo fue un humorista consumado,
Después de haber reducido a polvo el dogma de la Santísima
[Trinidad
¿Respondió acaso de su herejía?
Y si llegó a responder, ¡cómo lo hizo!
¡En qué forma descabellada!
¡Basándose en qué cúmulo de contradicciones!

Según los doctores de la ley este libro no debiera publicarse:
La palabra arcoíris no aparece en él en ninguna parte,
Menos aún la palabra dolor,
La palabra torcuato.
Sillas y mesas sí que figuran a granel,
¡Ataúdes!, ¡útiles de escritorio!
Lo que me llena de orgullo
Porque, a mi modo de ver, el cielo se está cayendo a pedazos.

Los mortales que hayan leído el Tractatus de Wittgenstein
Pueden darse con una piedra en el pecho
Porque es una obra difícil de conseguir:
Pero el Círculo de Viena se disolvió hace años,
Sus miembros se dispersaron sin dejar huella
Y yo he decidido declarar la guerra a los cavalieri di la luna.

Mi poesía puede perfectamente no conducir a ninguna parte:
"¡Las risas de este libro son falsas!", argumentarán mis
[detractores
"Sus lágrimas, ¡artificiales!"
"En vez de suspirar, en estas páginas se bosteza"
"Se patalea como un niño de pecho"
"El autor se da a entender a estornudos"
Conforme: os invito a quemar vuestras naves,

Como los fenicios pretendo formarme mi propio alfabeto.
"¿A qué molestar al público entonces?", se preguntarán los
[amigos lectores:
"Si el propio autor empieza por desprestigiar sus escritos,
¡Qué podrá esperarse de ellos!"
Cuidado, yo no desprestigio nada
O, mejor dicho, yo exalto mi punto de vista,
Me vanaglorio de mis limitaciones,
Pongo por las nubes mis creaciones.

Los pájaros de Aristófanes
Enterraban en sus propias cabezas
Los cadáveres de sus padres.
(Cada pájaro era un verdadero cementerio volante)
A mi modo de ver
Ha llegado la hora de modernizar esta ceremonia
¡Y yo entierro mis plumas en la cabeza de los señores lectores!

Rompecabezas

No doy a nadie el derecho.
Adoro un trozo de trapo.
Traslado tumbas de lugar.

Traslado tumbas de lugar.
No doy a nadie el derecho.
Yo soy un tipo ridículo
A los rayos del sol,
Azote de las fuentes de soda.
Yo me muero de rabia.

Yo no tengo remedio,
Mis propios pelos me acusan
En un altar de ocasión
Las máquinas no perdonan.

Me río detrás de una silla,
Mi cara se llena de moscas.

Yo soy quien se expresa mal
Expresa en vistas de qué.

Yo tartamudeo,
Con el pie toco una especie de feto.

¿Para qué son estos estómagos?
¿Quién hizo esta mescolanza?

Lo mejor es hacer el indio.
Yo digo una cosa por otra.

Cartas a una desconocida

Cuando pasen los años, cuando pasen
Los años y el aire haya cavado un foso
Entre tu alma y la mía; cuando pasen los años
Y yo solo sea un hombre que amó,
Un ser que se detuvo un instante frente a tus labios,
Un pobre hombre cansado de andar por los jardines,
¿Dónde estarás tú? ¡Dónde
Estarás, oh hija de mis besos!

Madrigal

Yo me haré millonario una noche
Gracias a un truco que me permitirá fijar las imágenes
En un espejo cóncavo. O convexo.

Me parece que el éxito será completo
Cuando logre inventar un ataúd de doble fondo
Que permita al cadáver asomarse a otro mundo.

Ya me he quemado bastante las pestañas
En esta absurda carrera de caballos
En que los jinetes son arrojados de sus cabalgaduras
Y van a caer entre los espectadores.

Justo es, entonces, que trate de crear algo
Que me permita vivir holgadamente
O que por lo menos me permita morir.

Estoy seguro de que mis piernas tiemblan,
Sueño que se me caen los dientes
Y que llego tarde a unos funerales.

Solo de piano

Ya que la vida del hombre no es sino una acción a distancia,
Un poco de espuma que brilla en el interior de un vaso;
Ya que los árboles no son sino muebles que se agitan:
No son sino sillas y mesas en movimiento perpetuo;
Ya que nosotros mismos no somos más que seres
(Como el dios mismo no es otra cosa que dios);
Ya que no hablamos para ser escuchados
Sino para que los demás hablen
Y el eco es anterior a las voces que lo producen;
Ya que ni siquiera tenemos el consuelo de un caos
En el jardín que bosteza y que se llena de aire,
Un rompecabezas que es preciso resolver antes de morir
Para poder resucitar después tranquilamente
Cuando se ha usado en exceso de la mujer;
Ya que también existe un cielo en el infierno,
Dejad que yo también haga algunas cosas:

Yo quiero hacer un ruido con los pies
Y quiero que mi alma encuentre su cuerpo.

El peregrino

Atención, señoras y señores, un momento de atención:
Volved un instante la cabeza hacia este lado de la república,
Olvidad por una noche vuestros asuntos personales,
El placer y el dolor pueden aguardar a la puerta:
Una voz se oye desde este lado de la república.
¡Atención, señoras y señores! ¡un momento de atención!

Un alma que ha estado embotellada durante años
En una especie de abismo sexual e intelectual
Alimentándose escasamente por la nariz
Desea hacerse escuchar por ustedes.
Deseo que se me informe sobre algunas materias,
Necesito un poco de luz, el jardín se cubre de moscas,
Me encuentro en un desastroso estado mental,
Razono a mi manera;
Mientras digo estas cosas veo una bicicleta apoyada en un muro,
Veo un puente
Y un automóvil que desaparece entre los edificios.

Ustedes se peinan, es cierto, ustedes andan a pie por los jardines,
Debajo de la piel ustedes tienen otra piel,
Ustedes poseen un séptimo sentido
Que les permite entrar y salir automáticamente.
Pero yo soy un niño que llama a su madre detrás de las rocas,
Soy un peregrino que hace saltar las piedras a la altura de su nariz,
Un árbol que pide a gritos se le cubra de hojas.

Los vicios del mundo moderno

Los delincuentes modernos
Están autorizados para concurrir diariamente a parques y jardines.
Provistos de poderosos anteojos y de relojes de bolsillo
Entran a saco en los kioscos favorecidos por la muerte
E instalan sus laboratorios entre los rosales en flor.

Desde allí controlan a fotógrafos y mendigos que deambulan por
[los alrededores
Procurando levantar un pequeño templo a la miseria
Y si se presenta la oportunidad llegan a poseer a un lustrabotas
[melancólico.
La policía atemorizada huye de estos monstruos
En dirección del centro de la ciudad
En donde estallan los grandes incendios de fines de año
Y un valiente encapuchado pone manos arriba a dos madres de la
[caridad.

Los vicios del mundo moderno:
El automóvil y el cine sonoro,
Las discriminaciones raciales,
El exterminio de los pieles rojas,
Los trucos de la alta banca,
La catástrofe de los ancianos,
El comercio clandestino de blancas realizado por sodomitas
[internacionales,
El autobombo y la gula,
Las Pompas Fúnebres,
Los amigos personales de su excelencia,
La exaltación del folklore a categoría del espíritu,
El abuso de los estupefacientes y de la filosofía,
El reblandecimiento de los hombres favorecidos por la fortuna,
El autoerotismo y la crueldad sexual,
La exaltación de lo onírico y del subconsciente en desmedro del
[sentido común,
La confianza exagerada en sueros y vacunas,
El endiosamiento del falo,
La política internacional de piernas abiertas patrocinada por la
[prensa reaccionaria,
El afán desmedido de poder y de lucro,
La carrera del oro,
La fatídica danza de los dólares,
La especulación y el aborto,
La destrucción de los ídolos,
El desarrollo excesivo de la dietética y de la psicología pedagógica,

El vicio del baile, del cigarrillo, de los juegos de azar,
Las gotas de sangre que suelen encontrarse entre las sábanas de
                              [los recién desposados,
La locura del mar,
La agorafobia y la claustrofobia,
La desintegración del átomo,
El humorismo sangriento de la teoría de la relatividad,
El delirio de retorno al vientre materno,
El culto de lo exótico,
Los accidentes aeronáuticos,
Las incineraciones, las purgas en masa, la retención de los
                              [pasaportes,
Todo esto porque sí,
Porque produce vértigo,
La interpretación de los sueños
Y la difusión de la radiomanía.

Como queda demostrado,
El mundo moderno se compone de flores artificiales,
Que se cultivan en unas campanas de vidrio parecidas a la muerte,
Está formado por estrellas de cine,
Y de sangrientos boxeadores que pelean a la luz de la luna,
Se compone de hombres ruiseñores que controlan la vida
                              [económica de los países
Mediante algunos mecanismos fáciles de explicar;
Ellos visten generalmente de negro como los precursores del
                              [otoño
Y se alimentan de raíces y de hierbas silvestres.
Entretanto los sabios, comidos por las ratas,
Se pudren en los sótanos de las catedrales,
Y las almas nobles son perseguidas implacablemente por la policía.

El mundo moderno es una gran cloaca:
Los restoranes de lujo están atestados de cadáveres digestivos
Y de pájaros que vuelan peligrosamente a escasa altura.
Esto no es todo: Los hospitales están llenos de impostores,
Sin mencionar a los herederos del espíritu que establecen sus
                              [colonias en el año de los recién operados.

Los industriales modernos sufren a veces el efecto de la atmósfera
[envenenada,
Junto a las máquinas de tejer suelen caer enfermos del espantoso
[mal del sueño
Que los transforma a la larga en unas especies de ángeles.
Niegan la existencia del mundo físico
Y se vanaglorian de ser unos pobres hijos del sepulcro.
Sin embargo, el mundo ha sido siempre así.
La verdad, como la belleza, no se crea ni se pierde
Y la poesía reside en las cosas o es simplemente un espejismo del
[espíritu.
Reconozco que un terremoto bien concebido
Puede acabar en algunos segundos con una ciudad rica en
[tradiciones
Y que un minucioso bombardeo aéreo
Derribe árboles, caballos, tronos, música.
Pero qué importa todo esto
Si mientras la bailarina más grande del mundo
Muere pobre y abandonada en una pequeña aldea del sur de
[Francia
La primavera devuelve al hombre una parte de las flores
[desaparecidas.

Tratemos de ser felices, recomiendo yo, chupando la miserable
[costilla humana.
Extraigamos de ella el líquido renovador,
Cada cual de acuerdo con sus inclinaciones personales.
¡Aferrémonos a esta piltrafa divina!
Jadeantes y tremebundos
Chupemos estos labios que nos enloquecen;
La suerte está echada.
Aspiremos este perfume enervador y destructor
Y vivamos un día más la vida de los elegidos:
De sus axilas extrae el hombre la cera necesaria para forjar el
[rostro de sus ídolos.
Y del sexo de la mujer la paja y el barro de sus templos.
Por todo lo cual

Cultivo un piojo en mi corbata
Y sonrío a los imbéciles que bajan de los árboles.

Soliloquio del Individuo

Yo soy el Individuo.
Primero viví en una roca
(Allí grabé algunas figuras).
Luego busqué un lugar más apropiado.
Yo soy el Individuo.
Primero tuve que procurarme alimentos,
Buscar peces, pájaros, buscar leña
(Ya me preocuparía de los demás asuntos).
Hacer una fogata,
Leña, leña, dónde encontrar un poco de leña,
Algo de leña para hacer una fogata,
Yo soy el Individuo.
Al mismo tiempo me pregunté,
Fui a un abismo lleno de aire;
Me respondió una voz:
Yo soy el Individuo.
Después traté de cambiarme a otra roca,
Allí también grabé figuras,
Grabé un río, búfalos,
Yo soy el Individuo.
Pero no. Me aburrí de las cosas que hacía,
El fuego me molestaba,
Quería ver más,
Yo soy el Individuo.
Bajé a un valle regado por un río,
Allí encontré lo que necesitaba,
Encontré un pueblo salvaje,
Una tribu,
Yo soy el Individuo.
Vi que allí se hacían algunas cosas,
Figuras grababan en las rocas,

Hacían fuego, ¡también hacían fuego!
Yo soy el Individuo.
Me preguntaron que de dónde venía.
Contesté que sí, que no tenía planes determinados,
Contesté que no, que de allí en adelante.
Bien.
Tomé entonces un trozo de piedra que encontré en un río
Y empecé a trabajar con ella,
Empecé a pulirla,
De ella hice una parte de mi propia vida.
Pero esto es demasiado largo.
Corté unos árboles para navegar,
Buscaba peces,
Buscaba diferentes cosas,
(Yo soy el Individuo).
Hasta que me empecé a aburrir nuevamente.
Las tempestades aburren,
Los truenos, los relámpagos,
Yo soy el Individuo.
Bien. Me puse a pensar un poco,
Preguntas estúpidas se me venían a la cabeza,
Falsos problemas.
Entonces empecé a vagar por unos bosques.
Llegué a un árbol y a otro árbol,
Llegué a una fuente,
A una fosa en que se veían algunas ratas:
Aquí vengo yo, dije entonces,
¿Habéis visto por aquí una tribu,
Un pueblo salvaje que hace fuego?
De este modo me desplacé hacia el oeste
Acompañado por otros seres,
O más bien solo.
Para ver hay que creer, me decían,
Yo soy el Individuo.
Formas veía en la obscuridad,
Nubes tal vez,
Tal vez veía nubes, veía relámpagos,
A todo esto habían pasado ya varios días,

Yo me sentía morir;
Inventé unas máquinas,
Construí relojes,
Armas, vehículos,
Yo soy el Individuo.
Apenas tenía tiempo para enterrar a mis muertos,
Apenas tenía tiempo para sembrar,
Yo soy el Individuo.
Años más tarde concebí unas cosas,
Unas formas,
Crucé las fronteras
Y permanecí fijo en una especie de nicho,
En una barca que navegó cuarenta días,
Cuarenta noches,
Yo soy el Individuo.
Luego vinieron unas sequías,
Vinieron unas guerras,
Tipos de color entraron al valle,
Pero yo debía seguir adelante,
Debía producir.
Produje ciencia, verdades inmutables,
Produje tanagras,
Di a luz libros de miles de páginas,
Se me hinchó la cara,
Construí un fonógrafo,
La máquina de coser,
Empezaron a aparecer los primeros automóviles,
Yo soy el Individuo.
Alguien segregaba planetas,
¡Árboles segregaba!
Pero yo segregaba herramientas,
Muebles, útiles de escritorio,
Yo soy el Individuo.
Se construyeron también ciudades,
Rutas
Instituciones religiosas pasaron de moda,
Buscaban dicha, buscaban felicidad,
Yo soy el Individuo.

Después me dediqué mejor a viajar,
A practicar, a practicar idiomas,
Idiomas,
Yo soy el Individuo.
Miré por una cerradura,
Sí, miré, qué digo, miré,
Para salir de la duda miré,
Detrás de unas cortinas,
Yo soy el Individuo.
Bien.
Mejor es tal vez que vuelva a ese valle,
A esa roca que me sirvió de hogar,
Y empiece a grabar de nuevo,
De atrás para adelante grabar
El mundo al revés.
Pero no: la vida no tiene sentido.

DE *VERSOS DE SALÓN* (1962)

CAMBIOS DE NOMBRE

A los amantes de las bellas letras
Hago llegar mis mejores deseos
Voy a cambiar de nombre a algunas cosas.

Mi posición es ésta:
El poeta no cumple su palabra
Si no cambia los nombres de las cosas.

¿Con que razón el sol
Ha de seguir llamándose sol?
¡Pido que se le llame Micifuz
El de las botas de cuarenta leguas!

¿Mis zapatos parecen ataúdes?
Sepan que desde hoy en adelante
Los zapatos se llamas ataúdes.
Comuníquese, anótese y publíquese
Que los zapatos han cambiado de nombre:
Desde ahora se llamas ataúdes.

Bueno, la noche es larga
Todo poeta que se estime a si mismo
Debe tener su propio diccionario
Y antes que se me olvide
Al propio dios hay que cambiarle nombre
Que cada cual lo llame como quiera:
Ése es un problema personal.

La montaña rusa

Durante medio siglo
La poesía fue
El paraíso del tonto solemne.
Hasta que vine yo
Y me instalé con mi montaña rusa.

Suban, si les parece.
Claro que yo no respondo si bajan
Echando sangre por boca y narices.

Advertencia

Yo no permito que nadie me diga
Que no comprende los antipoemas
Todos deben reír a carcajadas.

Para eso me rompo la cabeza
Para llegar al alma del lector.

Déjense de preguntas.
En el lecho de muerte
Cada uno se rasca con sus uñas.

Además una cosa:
Yo no tengo ningún inconveniente
En meterme en camisa de once varas.

EN EL CEMENTERIO

Un anciano de barbas respetables
Se desmaya delante de una tumba.
En la caída se rompe una ceja.
Observadores tratan de ayudarlo:
Uno le toma el pulso
Otro le echa viento con el diario.

Otro dato que puede interesar:
Una mujer lo besa en la mejilla.

EL GALÁN IMPERFECTO

Una pareja de recién casados
Se detiene delante de una tumba.
Ella viste de blanco riguroso.

Para ver sin ser visto
Yo me escondo detrás de una columna.

Mientras la novia triste
Desmaleza la tumba de su padre

El galán imperfecto
Se dedica a leer una revista.

Pido que se levante la sesión

Señoras y señores:
Yo voy a hacer una sola pregunta:
¿Somos hijos del sol o de la tierra?
Porque si somos tierra solamente
No veo para qué
Continuamos filmando la película:
Pido que se levante la sesión.

Hombre al agua

Ya no estoy en mi casa
Ando en Valparaíso.

Hace tiempo que estaba
Escribiendo poemas espantosos
Y preparando clases espantosas.
Terminó la comedia:
Dentro de unos minutos
Parto para Chillán en bicicleta.

No me quedo ni un día más aquí
Solo estoy esperando
Que se me sequen un poco las plumas.

Si preguntan por mí
Digan que ando en el sur
Y que no vuelvo hasta el próximo mes.

Digan que estoy enfermo de viruela.

Atiendan el teléfono
¿Que no oyen el ruido del teléfono?
¡Ese ruido maldito del teléfono
Va a terminar volviéndome loco!

Si preguntan por mí
Pueden decir que me llevaron preso
Digan que fui a Chillán
A visitar la tumba de mi padre.

Yo no trabajo ni un minuto más
Basta con lo que he hecho
¿Que no basta con todo lo que he hecho?
¡Hasta cuándo demonios
Quieren que siga haciendo el ridículo!

Juro no escribir nunca más un verso
Juro no resolver más ecuaciones
Se terminó la cosa para siempre.

¡A Chillán los boletos!
¡A recorrer los lugares sagrados!

Fuentes de soda

Aprovecho la hora del almuerzo
Para hacer un examen de conciencia
¿Cuántos brazos me quedan por abrir?
¿Cuántos pétalos negros por cerrar?
¡A lo mejor soy un sobreviviente!

El receptor de radio me recuerda
Mis deberes, las clases, los poemas
Con una voz que parece venir
Desde lo más profundo del sepulcro.

201

El corazón no sabe qué pensar.

Hago como que miro los espejos
Un cliente estornuda a su mujer
Otro enciende un cigarro
Otro lee las Últimas Noticias.

¡Qué podemos hacer, árbol sin hojas
Fuera de dar la última mirada
En dirección del paraíso perdido!

Responde, sol oscuro
Ilumina un instante
Aunque después te apagues para siempre.

La doncella y la muerte

Una doncella rubia se enamora
De un caballero que parece la muerte.

La doncella lo llama por teléfono
Pero él no se da por aludido.

Andan por unos cerros
Llenos de lagartijas de colores.

La doncella sonríe
Pero la calavera no ve nada.

Llegan a una cabaña de madera,
La doncella se tiende en un sofá
La calavera mira de reojo.

La doncella le ofrece una manzana
Pero la calavera la rechaza,
Hace como que lee una revista.

La doncella rolliza
Toma una flor que hay en un florero
Y se la arroja a boca de jarro.
Todavía la muerte no responde.
Viendo que nada le da resultado
La doncella terrible
Quema todas sus naves de una vez:
Se desnuda delante del espejo,
Pero la muerte sigue imperturbable.
Ella sigue moviendo las caderas
Hasta que el caballero la posee.

MUJERES

La mujer imposible,
La mujer de dos metros de estatura,
La señora de mármol de Carrara
Que no fuma ni bebe,
La mujer que no quiere desnudarse
Por temor a quedar embarazada,
La vestal intocable
Que no quiere ser madre de familia,
La mujer que respira por la boca,
La mujer que camina
Virgen hacia la cámara nupcial
Pero que reacciona como hombre,
La que se desnudó por simpatía
(Porque le encanta la música clásica)
La pelirroja que se fue de bruces,
La que solo se entrega por amor,
La doncella que mira con un ojo,
La que solo se deja poseer
En el diván, al borde del abismo,

La que odia los órganos sexuales,
La que se une sólo con su perro,
La mujer que se hace la dormida
(El marido la alumbra con un fósforo),
La mujer que se entrega porque sí,
Porque la soledad, porque el olvido...
La que llegó doncella a la vejez,
La profesora miope,
La secretaria de gafas oscuras,
La señorita pálida de lentes
(Ella no quiere nada con el falo),
Todas estas walkirias
Todas estas matronas respetables
Con sus labios mayores y menores
Terminarán sacándome de quicio.

Composiciones

I

Cuidado, todos mentimos
Pero yo digo verdad.

La matemática aburre
Pero nos da de comer.

En cambio la poesía
Se escribe para vivir.

A nadie le gusta hacerse
Cargo de los vidrios rotos.

Se escribe contra uno mismo
Por culpa de los demás.

¡Qué inmundo es escribir versos!

El día menos pensado
Me voy a pegar un tiro.

II

Todo me parece mal
El sol me parece mal
El mar me perece pésimo.

Los hombres están de más
Las nubes están de más
Basta con el arcoíris.

Mis dientes están cariados
Ideas preconcebidas
Espíritu inexistente.

El sol de los afligidos
Un árbol lleno de micos
Desorden de los sentidos.

Imágenes inconexas.

Solo podemos vivir
De pensamientos prestados.
El arte me degenera
La ciencia me degenera
El sexo me degenera.

Convénzanse que no hay dios.

La poesía terminó conmigo

Yo no digo que ponga fin a nada
No me hago ilusiones al respecto
Yo quería seguir poetizando
Pero se terminó la inspiración.
La poesía se ha portado bien
Yo me he portado horriblemente mal.

Qué gano con decir
Yo me he portado bien
La poesía se ha portado mal
Cuando saben que yo soy el culpable.
¡Está bien que me pase por imbécil!

La poesía se ha portado bien
Yo me he portado horriblemente mal
La poesía terminó conmigo.

Tres poesías

1

Ya no me queda nada por decir
Todo lo que tenía que decir
Ha sido dicho no sé cuántas veces.

2

He preguntado no sé cuántas veces
Pero nadie contesta mis preguntas.
Es absolutamente necesario
Que el abismo responda de una vez
Porque ya va quedando poco tiempo.

3

Solo una cosa es clara:
Que la carne se llena de gusanos.

VERSOS SUELTOS

Un ojo blanco no me dice nada
Hasta cuándo posar de inteligente
Para qué completar un pensamiento.
¡Hay que lanzar al aire las ideas!
El desorden también tiene su encanto
Un murciélago lucha con el sol:
La poesía no molesta a nadie
Y la fucsia parece bailarina.

La tempestad si no es sublime aburre
Estoy harto del dios y del demonio
¿Cuánto vale ese par de pantalones?
El galán se libera de su novia
Nada más antipático que el cielo
Al orgullo lo pintan de pantuflas:
Nunca discute el alma que se estima.
Y la fucsia parece bailarina.

El que se embarca en un violín naufraga
La doncella se casa con un viejo
Pobre gente no sabe lo que dice
Con el amor no se le ruega a nadie:
En vez de leche le salía sangre
Solo por diversión cantan las aves
Y la fucsia parece bailarina.

Una noche me quise suicidar
El ruiseñor se ríe de sí mismo
La perfección es un tonel sin fondo

Todo lo transparente nos seduce:
Estornudar es el placer mayor
Y la fucsia parece bailarina.

Ya no queda muchacha que violar
En la sinceridad está el peligro
Yo me gano la vida a puntapiés
Entre pecho y espalda hay un abismo
Hay que dejar morir al moribundo:
Mi catedral es la sala de baño
Y la fucsia parece bailarina.

Se reparte jamón a domicilio
¿Puede verse la hora en una flor?
Véndese crucifijo de ocasión
La ancianidad también tiene su premio
Los funerales solo dejan deudas:
Júpiter eyacula sobre Leda
Y la fucsia parece bailarina.

Todavía vivimos en un bosque
¿No sentís el murmullo de las hojas?
Porque no me diréis que estoy soñando
Lo que yo digo debe ser así
Me parece que tengo la razón
Yo también soy un dios a mi manera
Un creador que no produce nada:
Yo me dedico a bostezar a full
Y la fucsia parece bailarina.

SE ME PEGÓ LA LENGUA AL PALADAR

Se me pegó la lengua al paladar
Tengo una sed ardiente de expresión
Pero no puedo construir una frase.

Ya se cumplió la maldición de mi suegra:
Se me pegó la lengua al paladar.
¿Qué estará sucediendo en el infierno
Que se me ponen rojas las orejas?

Tengo un dolor que no me deja hablar
Puedo decir palabras aisladas:
Árbol, árabe, sombra, tinta china
Pero no puedo construir una frase.

Apenas puedo mantenerme en pie
Estoy hecho un cadáver ambulante
No soporto ni el agua de la llave.

Se me pegó la lengua al paladar
No soporto ni el aire del jardín.

Algo debe pasar en el infierno
Porque me están ardiendo las orejas
¡Me está saliendo sangre de narices!

¿Saben lo que me pasa con mi novia?
La sorprendí besándose con otro
Tuve que darle su buena paliza
De lo contrario el tipo la desflora.

Pero ahora me quiero divertir
Empezad a cavar mi sepultura
Quiero bailar hasta caerme muerto
¡Pero que no me tilden de borracho!
Veo perfectamente dónde piso
¿Ven como puedo hacer lo que me place?
Puedo sentarme con la pierna encima
Puedo tocar un pito imaginario
Puedo bailar un vals imaginario
Puedo tomarme un trago imaginario
Puedo pegarme un tiro imaginario.

Hoy estoy, además, de cumpleaños
Pongan todas las sillas a la mesa
Voy a bailar un vals con una silla
Se me pegó la lengua al paladar.

Yo me gano la vida como puedo
Pongan todas las sillas a la mesa
Yo no mezquino nada a los amigos
Todo lo pongo a su disposición
— Pueden hacer lo que mejor les plazca —

Mesa a disposición de los amigos
Trago a disposición de los amigos
Novia a disposición de los amigos
Todo a disposición de los amigos.

¡Pero que no me vengan con abusos!

¿Que el alcohol me hace delirar?
¡La soledad me hace delirar!
¡La injusticia me hace delirar!
¡El delirio me hace delirar!

¿Saben lo que me dijo un capuchino?
¡No comas nunca dulce de pepino!
¿Saben lo que me dijo un franciscano?
¡No te limpies el traste con la mano!

Se me pegó la lengua al paladar.

Solo para mayores de cien años

Solo para mayores de cien años
Me doy el lujo de estirar los brazos
Bajo una lluvia de palomas negras.

¡Pero no por razones personales!

Para que mi camisa me perdone
Faltan unas cuarenta primaveras
Por la falta absoluta de mujer.

Yo no quiero decir obscenidades
Las groserías clásicas chilenas
Si la luna me encuentra la razón
Eternidad en ambas direcciones.

Por la falta absoluta de mujer.

¡O perdonan las faltas de respeto
O me trago la sangre de narices!

Hago volar las reliquias al sol
Estornudo con gran admiración
Hago la reverencia con dolor
Esa misma que hice en Inglaterra
Un ataúd que vomitaba fuego.

Yo doy diente con diente en las esquinas
Qué sería de mí sin ese árbol
A disfrutar del espasmo sexual.

Disimulo mis llagas a granel
Yo me río de todas mis astucias
Porque soy un ateo timorato.

Yo me paso de listo por el cielo
Solo quiero gozar un viernes santo
Para viajar en nube por el aire
En dirección del Santo Sepulcro.

Solo para mayores de cien años
Pero yo no me doy por aludido
Porque tarde o temprano

Tiene que aparecer
Un sacerdote que lo explique todo.

LO QUE EL DIFUNTO DIJO DE SÍ MISMO

Aprovecho con gran satisfacción
Esta oportunidad maravillosa
Que me brinda la ciencia de la muerte
Para decir algunas claridades
Sobre mis aventuras en la tierra.
Más adelante, cuando tenga tiempo
Hablaré de la vida de ultratumba.

Quiero reírme un poco
Como lo hice cuando estaba vivo:
El saber y la risa se confunden.

Cuando nací mi madre peguntó
Qué voy a hacer con este renacuajo
Me dediqué a llenar sacos de harina
Me dediqué a romper unos cristales
Me escondía detrás de los rosales.

Comencé como suche de oficina
Pero los documentos comerciales
Me ponían la carne de gallina.

Mi peor enemigo fue el teléfono.

Tuve dos o tres hijos naturales.

Un tinterillo de los mil demonios
Se enfureció conmigo por el "crimen
De abandonar a la primera esposa".
Me preguntó "por qué la abandonaste"

Respondí con un golpe en el pupitre:
"Esa mujer se abandonó a sí misma".

Estuve a punto de volverme loco.

¿Mis relaciones con la religión?
Atravesé la cordillera a pie
Disfrazado de fraile capuchino
Transformando ratones en palomas.

Ya no recuerdo cómo ni por qué
"Abracé la carrera de las letras".

Intenté deslumbrar a mis lectores
A través del sentido del humor
Pero causé una pésima impresión.

Se me tildó de enfermo de los nervios.
Claro, me condenaron a galeras
Por meter la nariz en el abismo.

¡Me defendí como gato de espaldas!

Escribí en araucano y en latín
Los demás escribían en francés
Versos que hacían dar diente con diente.

En esos versos extraordinarios
Me burlaba del sol y de la luna
Me burlaba del mar y de las rocas
Pero lo más estúpido de todo
Era que me burlaba de la muerte.[1]

---

[1] Los mortales se creen inmortales.

¿Puerilidad tal vez? — ¡Falta de tacto!
Pero yo me burlaba de la muerte.²

Mi inclinación por las ciencias ocultas
Hízome acreedor al sambenito
De charlatán del siglo dieciocho
Pero yo estoy seguro
Que se puede leer el porvenir
En el humo, las nubes o las flores.
Además profanaba los altares.
Hasta que me pillaron infraganti.
Moraleja, cuidado con el clero.

Me desplacé por parques y jardines
Como una especie de nuevo Quijote
Pero no me batí con los molinos
¡Nunca me disgusté con las ovejas!

¿Se entenderá lo que quiero decir?

Fui conocido en toda la comarca
Por mis extravagancias infantiles
Yo que era un anciano respetable.

Me detenía a hablar con los mendigos
Pero no por motivos religiosos
¡Solo por abusar de la paciencia!

Para no molestarme con el público
Simulaba tener ideas claras
Me expresaba con gran autoridad
Pero la situación era difícil
Confundía a Platón con Aristóteles.

---

² Todo me parecía divertido.

Desesperado, loco de remate
Ideé la mujer artificial.

Pero no fui payaso de verdad
Porque de pronto me ponía serio[3]
¡Me sumergía en un abismo oscuro!

Encendía la luz a medianoche
Presa de los más negros pensamientos
Que parecían órbitas sin ojos.
No me atrevía ni a mover un dedo
Por temor a irritar a los espíritus.
Me quedaba mirando la ampolleta.

Se podría filmar una película
Sobre mis aventuras en la tierra
Pero yo no me quiero confesar
Solo quiero decir estas palabras:

Situaciones eróticas absurdas
Repetidos intentos de suicidio
Pero morí de muerte natural.

Los funerales fueron muy bonitos.
El ataúd me pareció perfecto.
Aunque no soy caballo de carrera
Gracias por las coronas tan bonitas.

¡No se rían delante de mi tumba
Porque puedo romper el ataúd
Y salir disparado por el cielo!

---

[3] Querubín o demonio derrotado.

Noticiario 1957

Plaga de motonetas en Santiago.
La Sagan se da vuelta en automóvil.
Terremoto en Irán: 600 víctimas.
El gobierno detiene la inflación.
Los candidatos a la presidencia
Tratan de congraciarse con el clero.
Huelga de profesores y estudiantes.
Romería a la tumba de Óscar Castro.
Enrique Bello es invitado a Italia.
Rossellini declara que las suecas
Son más frías que témpanos de hielo.
Se especula con astros y planetas.
Su Santidad el Papa Pío XII
Da la nota simpática del año:
Se le aparece Cristo varias veces.

El autor se retrata con su perro.

Aparición de los Aguas-Azules.
Grupo Fuego celebra aniversario.
Carlos Chaplin en plena ancianidad
Es nuevamente padre de familia.
Ejercicios del Cuerpo de Bomberos.
Rusos lanzan objetos a la luna.
Escasean el pan y los remedios.
Llegan más automóviles de lujo.

Los estudiantes salen a la calle
Pero son masacrados como perros.

La policía mata por matar.

Nicolai despotrica contra Rusia
Sin el menor sentido del ridículo:
San Cupertino vuela para atrás.

La mitad del espíritu es materia.

Robo con pasaporte diplomático:
En la primera página de Ercilla
Salen fotografiadas las maletas.

Jorge Elliott publica antología.

Una pobre paloma mensajera
Choca con los alambres de la luz:
Los transeúntes tratan de salvarla.

Monumento de mármol causa ira:
"La Mistral debería estar ahí".

Plaga de terroristas argentinos.
Kelly huye vestido de mujer.
Esqueleto que mueve las caderas.

Enrique Lihn define posiciones.
Perico Müller pacta con el diablo.
Médicos abandonan hospitales.
Se despeja la incógnita del trigo.

Huelga del personal del cementerio.
Un policía, por hacer un chiste
Se levanta la tapa de los sesos.

La derrota de Chile en el Perú:
El equipo chileno juega bien
Pero la mala suerte lo persigue.

Un poeta católico sostiene
Que Jehová debiera ser mujer.

Nuevos abusos con los pobres indios:
Quieren desalojarlos de sus tierras
¡De las últimas tierras que les quedan!
Siendo que son los hijos de la tierra.

Muerte de Benjamín Velasco Reyes.
Ya no quedan amigos de verdad:
Con Benjamín desaparece el último.

Ahora viene el mes de los turistas
Cáscaras de melones y sandías
¿Piensan hacer un templo subterráneo?

Frei se va de paseo por Europa.
Es recibido por el rey de Suecia.
Hace declaraciones a la prensa.
Una dama da a luz en una micro.
Hijo mata a su padre por borracho.
Charla sobre platillos voladores.
Humillación en casa de una tía.
Muere el dios de la moda femenina.
Plaga de moscas, pulgas y ratones.

Profanación de la tumba del padre.

Exposición en la Quinta Normal.
Todos miran al cielo por un tubo
Astros-arañas y planetas-moscas.
Choque entre Cartagena y San Antonio.
Carabineros cuentan los cadáveres
Como si fueran pepas de sandías.
Otro punto que hay que destacar:
Los dolores de muelas del autor
La desviación del tabique nasal
Y el negocio de plumas de avestruz.

La vejez y su Caja de Pandora.

Pero, de todos modos, nos quedamos
Con el año que está por terminar
(A pesar de las notas discordantes)
Porque el año que está por empezar
Solo puede traernos más arrugas.

DE *MANIFIESTO* (1963)

Manifiesto

Señoras y señores
Ésta es nuestra última palabra
— Nuestra primera y última palabra —:
Los poetas bajaron del Olimpo.

Para nuestros mayores
La poesía fue un objeto de lujo
Pero para nosotros
Es un artículo de primera necesidad:
No podemos vivir sin poesía.

A diferencia de nuestros mayores
— Y esto lo digo con todo respeto —
Nosotros sostenemos
Que el poeta no es un alquimista
El poeta es un hombre como todos
Un albañil que construye su muro:
Un constructor de puertas y ventanas.

Nosotros conversamos
En el lenguaje de todos los días
No creemos en signos cabalísticos.

Además una cosa:
El poeta está ahí
Para que el árbol no crezca torcido.

Este es nuestro mensaje.
Nosotros denunciamos al poeta demiurgo
Al poeta Barata
Al poeta Ratón de Biblioteca.

Todos estos señores
— Y esto lo digo con mucho respeto —
Deben ser procesados y juzgados
Por construir castillos en el aire
Por malgastar el espacio y el tiempo
Redactando sonetos a la luna
Por agrupar palabras al azar
A la última moda de París.
Para nosotros no:
El pensamiento no nace en la boca
Nace en el corazón del corazón.

Nosotros repudiamos
La poesía de gafas obscuras
La poesía de capa y espada
La poesía de sombrero alón.
Propiciamos en cambio
La poesía a ojo desnudo
La poesía a pecho descubierto
La poesía a cabeza desnuda.

No creemos en ninfas ni tritones.
La poesía tiene que ser esto:
Una muchacha rodeada de espigas
O no ser absolutamente nada.

Ahora bien, en el plano político
Ellos, nuestros abuelos inmediatos
¡Nuestros buenos abuelos inmediatos!
Se refractaron y se dispersaron
Al pasar por el prisma de cristal.
Unos pocos se hicieron comunistas.
Yo no sé si lo fueron realmente.
Supongamos que fueron comunistas
Lo que sé es una cosa:
Que no fueron poetas populares
Fueron unos reverendos poetas burgueses.

Hay que decir las cosas como son:
Solo uno que otro
Supo llegar al corazón del pueblo.
Cada vez que pudieron
Se declararon de palabra y de hecho
Contra la poesía dirigida
Contra la poesía del presente
Contra la poesía proletaria.

Aceptemos que fueron comunistas
Pero la poesía fue un desastre
Surrealismo de segunda mano
Decadentismo de tercera mano
Tablas viejas devueltas por el mar.
Poesía adjetiva
Poesía nasal y gutural
Poesía arbitraria
Poesía copiada de los libros
Poesía basada
En la revolución de la palabra
En circunstancias de que debe fundarse
En la revolución de las ideas.
Poesía de círculo vicioso
Para media docena de elegidos:
"Libertad absoluta de expresión".

Hoy nos hacemos cruces preguntando
Para qué escribirían esas cosas
¿Para asustar al pequeño burgués?
¡Tiempo perdido miserablemente!
El pequeño burgués no reacciona
Sino cuando se trata del estómago.

¡Qué lo van a asustar con poesías!

La situación es ésta:
Mientras ellos estaban
Por una poesía del crepúsculo
Por una poesía de la noche

Nosotros propugnamos
La poesía del amanecer.
Este es nuestro mensaje
Los resplandores de la poesía
Deben llegar a todos por igual
La poesía alcanza para todos.

Nada más, compañeros
Nosotros condenamos
— Y esto sí que lo digo con respeto —
La poesía de pequeño dios
La poesía de vaca sagrada
La poesía de toro furioso.

Contra la poesía de las nubes
Nosotros oponemos
La poesía de la tierra firme
— Cabeza fría, corazón caliente
Somos tierrafirmistas decididos —
Contra la poesía de café
La poesía de la naturaleza
Contra la poesía de salón
La poesía de la plaza pública
La poesía de protesta social.

Los poetas bajaron del Olimpo.

DE *CANCIONES RUSAS* (1967)

Último brindis

Lo queramos o no
Solo tenemos tres alternativas:
El ayer, el presente y el mañana.

Y ni siquiera tres
Porque como dice el filósofo
El ayer es ayer
Nos pertenece solo en el recuerdo:
A la rosa que ya se deshojó
No se le puede sacar otro pétalo.

Las cartas por jugar
Son solamente dos:
El presente y el día de mañana.

Y ni siquiera dos
Porque es un hecho bien establecido
Que el presente no existe
Sino en la medida en que se hace pasado
Y ya pasó...,
           como la juventud.

En resumidas cuentas
Solo nos va quedando el mañana:
Yo levanto mi copa
Por ese día que no llega nunca
Pero que es lo único
De lo que realmente disponemos.

Regreso

La partida tenía que ser triste
Como toda partida verdadera:
Álamos, sauces, cordillera, todo
Parecía decirme no te vayas.

Y sin embargo el regreso es más triste...

Aunque parezca absurdo
Toda mi gente desapareció:

Se le tragó la ciudad antropófaga.

Solamente me esperan
Los olivos enfermos de conchuela
Y el perro fiel
El capitán con una pata rota.

La fortuna

La fortuna no ama a quien la ama:
Esta pequeña hoja de laurel
Ha llegado con años de retraso.
Cuando yo la quería
Para hacerme querer
Por una dama de labios morados
Me fue negada una y otra vez
Y me la dan ahora que estoy viejo.
Ahora que no me sirve de nada.

Ahora que no me sirve de nada
Me la arrojan al rostro
Casi
     como
          una
               palada
                    de
                       tierra...

Ritos

Cada vez que regreso
A mi país
        después de un viaje largo
Lo primero que hago

Es preguntar por los que se murieron:
Todo hombre es un héroe
Por el sencillo hecho de morir
Y los héroes son nuestros maestros.

Y en segundo lugar
                por los heridos.

Solo después
           no antes de cumplir
Este pequeño rito funerario
Me considero con derecho a la vida:
Cierro los ojos para ver mejor
Y canto con rencor
Una canción de comienzos de siglo.

MENDIGO

En la ciudad no se puede vivir
Sin tener un oficio conocido:
La policía hace cumplir la ley.

Algunos son soldados
Que derraman su sangre por la patria
(Esto va entre comillas)
Otros son comerciantes astutos
Que le quitan un gramo
O dos o tres al kilo de ciruelas.

Y los de más allá son sacerdotes
Que se pasean con un libro en la mano.

Cada uno conoce su negocio.
¿Y cuál creen ustedes que es el mío?

Cantar
        mirando las ventanas cerradas
Para ver si se abren
Y
  me
     dejan
        caer
           una
               moneda.

Atención

A los jóvenes aficionados
A cortejar muchachas buenas-mozas
En los jardines de los monasterios
Hago saber con toda franqueza
Que en el amor
           por casto
Por inocente que parezca al comienzo
Suelen presentarse sus complicaciones.

Totalmente de acuerdo
Que el amor es más dulce que la miel.

Pero se les advierte
Que en el jardín hay luces y sombras
Además de sonrisas
En el jardín hay disgustos y lágrimas
En el jardín hay no solo verdad
Sino también su poco de mentira.

Solo

Poco
  a
    poco
      me
        fui
          quedando
            solo
Imperceptiblemente:
Poco
  a
    poco.

Triste es la situación
Del que gozó de buena compañía
Y la perdió por un motivo u otro.

No me quejo de nada: tuve todo
Pero
  sin
    darme
      cuenta
Como árbol que pierde una a una sus hojas
Fuime
  quedando
    solo
      poco
        a
          poco.

Aromos

Paseando hace años
Por una calle de aromos en flor

Supe por un amigo bien informado
Que acababas de contraer matrimonio.
Contesté que por cierto
Que yo nada tenía que ver en el asunto.
Pero a pesar de que nunca te amé
— Eso lo sabes tú mejor que yo —
Cada vez que florecen los aromos
— Imagínate tú —
Siento la misma cosa que sentí
Cuando me dispararon a boca de jarro
La noticia bastante desoladora
De que te habías casado con otro.

Cronos

En Santiago de Chile
Los
    días
        son
            interminablemente
                largos:
Varias eternidades en un día.

Nos desplazamos a lomo de mula
Como los vendedores de cochayuyo:
Se bosteza. Se vuelve a bostezar.

Sin embargo las semanas son cortas
Los meses pasan a toda carrera
Ylosañosparecenquevolaran.

Hace frío

Hay que tener paciencia con el sol
Hacen cuarenta días
Que no se le ve por ninguna parte.

Los astrónomos yankees
Examinan el cielo con el ceño fruncido
Como si estuviese lleno de malos presagios
Y concluyen que el sol anda de viaje
Por los países subdesarrollados
Con las maletas llenas de dólares
En misión de caridad cristiana.

Y los sabios soviéticos
— Que están por lanzar un hombre a la luna —
Comunican que el sol
Anda por los imperios coloniales
Fotografiando indios desnutridos
Y asesinatos de negros en masa.

¿A quién,
        a quién le podemos creer?

¡Al poeta chileno
              que nos pide
Tener paciencia con el pobre sol!
Él estaría feliz de brillar
Y de tostar los cuerpos y las almas
De los bañistas del hemisferio norte
— Especialmente los muslos de las muchachas
Que todavía no cumplen los veinte —
Para eso fue hecho
Le encantaría calentar la tierra
Para que brote el trigo de nuevo

Pero las nubes no le dejan salir.

Él no tiene la culpa de nada:
Hay que tener paciencia con el sol.

Pussykatten

Este gato se está poniendo viejo

Hacen algunos meses
Hasta su propia sombra
Le parecía algo sobrenatural.

Sus mostachos eléctricos
                    lo detectaban todo:
Escarabajo,
        mosca,
                matapiojo,
Todo tenía para él un valor específico.

Ahora se lo pasa
Acurrucado cerca del brasero.

Que el perro lo olfatee
O que las ratas le muerdan la cola
Son hechos que para él no tienen ninguna importancia.

El mundo pasa sin pena ni gloria
A través de sus ojos entornados.

¿Sabiduría?
        ¿misticismo?
                ¿nirvana?
Seguramente las tres cosas juntas
Y sobre todo
            t i e m p o t r a n s c u r r i d o.
El espinazo blanco de ceniza

Nos indica que él es un gato
Que se sitúa más allá del bien y del mal.

NADIE

No se puede dormir
Alguien anda moviendo las cortinas.
Me levanto.
            No hay nadie.
Probablemente rayos de la luna.

Mañana hay que levantarse temprano
Y no se puede conciliar el sueño:
Parece que alguien golpeara a la puerta.

Me levanto de nuevo
Abro de par en par:
El aire me da de lleno en la cara
Pero la calle está completamente vacía.

Solo se ven las hileras de álamos
Que
     se
        mueven
              al
                ritmo
                     del
                        viento.

Ahora sí que hay que dormir.
Sorbo la última gota de vino
Que todavía reluce en la copa
Acomodo las sábanas
Y doy una última mirada al reloj
Pero oigo sollozos de mujer

Abandonada por delitos de amor
En el momento de cerrar los ojos.

Esta vez no me voy a levantar
Estoy exhausto de tanto sollozo.

Ahora cesan todos los ruidos
Solo se oyen las olas del mar
Como si fueran los pazos de alguien
Que se acerca a nuestra choza desmantelada
Y
  no
    termina
      nunca
        de
          llegar.

DE *OBRA GRUESA* (1969)

ACTA DE INDEPENDENCIA

Independientemente
De los designios de la Iglesia Católica
Me declaro país independiente.

A los cuarentaynueve años de edad
Un ciudadano tiene perfecto derecho
A rebelarse contra la Iglesia Católica.
Que me trague la tierra si miento.

La verdad es que me siento feliz
A la sombra de estos aromos en flor
Hechos a la medida de mi cuerpo.

Extraordinariamente feliz
A la luz de estas mariposas fosforescentes
Que parecen cortadas con tijeras
Hechas a la medida de mi alma.

Que me perdone el Comité Central.

En Santiago de Chile
A veintinueve de noviembre
Del año mil novecientos sesenta y tres:

Plenamente consciente de mis actos.

Frases

No nos echemos tierra a los ojos
El automóvil es una silla de ruedas
El león está hecho de corderos
Los poetas no tienen biografía
La muerte es un hábito colectivo
Los niños nacen para ser felices
La realidad tiende a desaparecer
Fornicar es un acto diabólico
Dios es un buen amigo de los pobres.

Padre nuestro

Padre nuestro que estás en el cielo
Lleno de toda clase de problemas
Con el ceño fruncido
Como si fueras un hombre vulgar y corriente
No pienses más en nosotros.

Comprendemos que sufres
Porque no puedes arreglar las cosas.
Sabemos que el Demonio no te deja tranquilo
Desconstruyendo lo que tú construyes.

Él se ríe de ti
Pero nosotros lloramos contigo:
No te preocupes de sus risas diabólicas.

Padre nuestro que estás donde estás
Rodeado de ángeles desleales
Sinceramente: no sufras más por nosotros
Tienes que darte cuenta
De que los dioses no son infalibles
Y que nosotros perdonamos todo.

Agnus Dei

Horizonte de tierra
                    astros de tierra
Lágrimas y sollozos reprimidos
Boca que escupe tierra
                    dientes blandos
Cuerpo que no es más que un saco de tierra
Tierra con tierra — tierra con lombrices.
Alma inmortal — espíritu de tierra.

Cordero de dios que lava los pecados del mundo
Dime cuántas manzanas hay en el paraíso terrenal.

Cordero de dios que lavas los pecados del mundo
Hazme el favor de decirme la hora.

Cordero de dios que lavas los pecados del mundo
Dame tu lana para hacerme un sweater.

Cordero de dios que lava los pecados del mundo
Déjanos fornicar tranquilamente:
No te inmiscuyas en ese momento sagrado.

DISCURSO DEL BUEN LADRÓN

Acuérdate de mí cuando estés en tu reino
Nómbrame Presidente del Senado
Nómbrame Director del Presupuesto
Nómbrame Contralor General de la República.

Acuérdate de la corona de espinas
Hazme Cónsul de Chile en Estocolmo
Nómbrame Director de Ferrocarriles
Nómbrame Comandante en Jefe del Ejército.

Acepto cualquier cargo
Conservador de Bienes Raíces
Director General de Bibliotecas
Director de Correos y Telégrafos.

Jefe de Vialidad
Visitador de Parques y Jardines
Intendente de la Provincia de Ñuble.
Nómbrame Director del Zoológico.

Gloria al Padre
            Gloria al Hijo
                        Gloria al Espíritu Santo
Nómbrame Embajador en cualquier parte
Nómbrame Capitán del Colo-Colo
Nómbrame si te place
Presidente del Cuerpo de Bomberos.

Hazme rector del Liceo de Ancud.

En el peor de los casos
Nómbrame Director del Cementerio.

Yo PECADOR

Yo galán imperfecto
Yo danzarín al borde del abismo,

Yo sacristán obsceno
Niño prodigio de los basurales,

Yo sobrino — yo nieto
Yo confabulador de siete suelas,

Yo señor de las moscas
Yo descuartizador de golondrinas,

Yo jugador de fútbol
Yo nadador del Estero las Toscas,

Yo violador de tumbas
Yo satanás enfermo de paperas,

Yo conscripto remiso
Yo ciudadano con derecho a voto,

Yo ovejero del diablo
Yo boxeador vencido por mi sombra,

Yo bebedor insigne
Yo sacerdote de la buena mesa,

Yo campeón de cueca
Yo campeón absoluto de tango
De guaracha, de rumba, de vals,

Yo pastor protestante
Yo camarón, yo padre de familia,

Yo pequeño burgués
Yo profesor de ciencias ocultas,

Yo comunista, yo conservador
Yo recopilador de santos viejos,

(Yo turista de lujo)

Yo ladrón de gallinas
Yo danzarín inmóvil en el aire,

Yo verdugo sin máscara
Yo semidiós egipcio con cabeza de pájaro,

Yo de pie en una roca de cartón:
Háganse las tinieblas
Hágase el caos,
            háganse las nubes,

Yo delincuente nato
Sorprendido infraganti

Robando flores a la luz de la luna
Pido perdón a diestra y siniestra
Pero no me declaro culpable.

REGLA DE TRES

Independientemente
De los veinte millones de desaparecidos
Cuánto creen ustedes que costó
La campaña de endiosamiento de Stalin
En dinero constante y sonante:

Porque los monumentos cuestan plata.
Cuánto creen ustedes que costó
Demoler esas masas de concreto?
Solo la remoción de la momia
Del mausoleo a la fosa común
Há debido costar una fortuna.

Y cuánto creen ustedes que gastaremos
En reponer esas estatuas sagradas?

Inflación

Alza del pan origina nueva alza del pan
Alza de los arriendos
Provoca instantáneamente la duplicación de los cánones
Alza de las prendas de vestir
Origina alza de las prendas de vestir.
Inexorablemente
Giramos en un círculo vicioso.
Dentro de la jaula hay alimento.
Poco, pero hay.
Fuera de ella solo se ven enormes extensiones de libertad.

¡Cuántas veces voy a repetir lo mismo!

Compren insecticida
Saquen las telarañas del techo
Limpien los vidrios de las ventanas
¡están plagados de cagarrutas de moscas!
Eliminen el polvo de los muebles
Y lo más urgente de todo:
háganme desaparecer las palomas:
¡todos los días me ensucian el auto!

¡Dónde demonios me dejaron los fósforos!

La cruz

Tarde o temprano llegaré sollozando
A los brazos abiertos de la cruz.

Más temprano que tarde caeré
De rodillas a los pies de la cruz.

Tengo que resistirme
Para no desposarme con la cruz:
¡ven cómo ella me tiende los brazos?

No será hoy
        mañana
                ni pasado
mañana
        pero será lo que tiene que ser.

Por ahora la cruz es un avión
una mujer con las piernas abiertas.

Juegos infantiles

I

Un niño detiene su vuelo en la torre de la catedral
y se pone a jugar con los punteros del reloj
se apoya sobre ellos impidiéndoles avanzar
y como por arte de magia los transeúntes quedan petrificados
en una actitud equis
con un pie en el aire
mirando hacia atrás como la estatua de Loth
encendiendo un cigarrillo etc., etc.
Luego toma los punteros y los hace girar a toda velocidad
los detiene en seco — los hace girar al revés

y los transeúntes corren — frenan bruscamente
retroceden a toda máquina
como en el cine mudo las imágenes se quedan en suspenso
trotan en dirección norte-sur
o caminan solemnemente a cámara lenta
en sentido contrario a los punteros del reloj.
Una pareja se casa — tiene hijos y se divorcia en fracciones de
[segundo
los hijos también se casan-mueren.

Entretanto el niño
Dios o como quiera llamársele
Destino o simplemente Cronos se aburre como una ostra
y emprende el vuelo en dirección al Cementerio General.

II

Tal como se indicó en el poema anterior
el niño travieso llega al cementerio
hace saltar la tapa de los sepulcros
los difuntos se incorporan de las tumbas
se oyen golpes a la distancia
reina un desconcierto general.

Los difuntos parecen cansados
con los pies llenos de tierra
y sin abandonar aún las tumbas
conversan animadamente entre sí
como deportistas que se dan una ducha.

Cambian impresiones sobre el Más Allá
algunos buscan objetos perdidos
otros se hunden hasta la rodilla en la tierra
mientras avanzan en dirección a la puerta del camposanto.

III

Muerto de risa el niño vuelve a la ciudad
hace parir monstruos
provoca temblores de tierra
desnudas corren mujeres con pelo
ancianos que parecen fetos ríen y fuman.

Estalla una tempestad eléctrica
que culmina con la aparición de una mujer crucificada.

SIEGMUND FREUD

Pájaro con las plumas en la boca
Ya no se puede más con el psiquiatra:
Todo lo relaciona con el sexo.

En las obras de Freud es donde vienen
Las afirmaciones más peregrinas.

Según este señor
Los objetos de forma triangular
— Plumas fuente, pistolas, arcabuces,
Lápices, cañerías, guaripolas —
Representan el sexo masculino;
Los objetos de forma circular
Representan el sexo femenino.

Pero el psiquiatra va más adelante:
No solamente conos y cilindros
Casi todos los cuerpos geométricos
Son para él instrumentos sexuales
A saber las pirámides de Egipto.

Pero la cosa no termina ahí
Nuestro héroe va mucho más lejos:

Dónde nosotros vemos artefactos
Vemos, digamos, lámparas o mesas
El psiquiatra ve penes y vaginas.

Analicemos un caso concreto:
Un neurópata va por una calle
De repente da vuelta la cabeza
Porque algo le llama la atención
— Un abedul, un pantalón a rayas
Un objeto que pasa por el aire —
En la nomenclatura del psiquiatra
Eso quiere decir
Que la vida sexual de su cliente
Anda como las reverendas huifas.

Vemos un automóvil
Un automóvil es un símbolo fálico
Vemos un edificio en construcción
Un edificio es un símbolo fálico
Nos invitan a andar en bicicleta
La bicicleta es un símbolo fálico
Vamos a rematar al cementerio
El cementerio es un símbolo fálico
Vemos un mausoleo
Un mausoleo es un símbolo fálico

Vemos un dios clavado en una cruz
Un crucifijo es un símbolo fálico
Nos compramos un mapa de Argentina
Para estudiar el problema de límites
Toda Argentina es un símbolo fálico
Nos invitan a China Popular
Mao Tse-Tung es un símbolo fálico
Para normalizar la situación
Hay que dormir una noche en Moscú
El pasaporte es un símbolo fálico
La Plaza Roja es un símbolo fálico.

El avión echa fuego por la boca.

Nos comemos un pan con mantequilla
La mantequilla es un símbolo fálico.
Descansamos un rato en un jardín
La mariposa es un símbolo fálico
El telescopio es un símbolo fálico
La mamadera es un símbolo fálico.

En capítulo aparte
Vienen las alusiones a la vulva.
Vamos a silenciarlas por decoro
Cuando no lo comparan con un búho
Que representa la sabiduría
La comparan con sapos o con ranas.

En el aeropuerto de Pekín
Hace un calor de los diez mil demonios
Nos esperan con flores y refrescos.
Desde que tengo uso de razón
No había visto flores tan hermosas.
Desde que el mundo es mundo
No había visto gente tan amable
Desde que los planetas son planetas
No había visto gente tan alegre.

Desde que fui lanzado
Fuera del paraíso terrenal.

Pero volvamos a nuestro poema.

Aunque parezca raro
El psiquiatra tenía la razón
En el momento de pasar un túnel
El artista comienza a delirar.
Para empezar lo llevan a una fábrica
Es ahí donde empieza la locura.

Síntoma principal:
Todo lo relaciona con el acto
Ya no distingue la luna del sol
Todo lo relaciona con el acto
Los pistones son órganos sexuales
Los cilindros son órganos sexuales
Las tornamesas órganos sexuales
Las manivelas órganos sexuales
Los altos hornos órganos sexuales
Tuercas y pernos órganos sexuales
Locomotoras órganos sexuales
Embarcaciones órganos sexuales.

El laberinto no tiene salida.

El Occidente es una gran pirámide
Que termina y empieza en un psiquiatra:
La pirámide está por derrumbarse.

DEFENSA DE VIOLETA PARRA

Dulce vecina de la verde selva
Huésped eterno del abril florido
Grande enemiga de la zarzamora
Violeta Parra.

Jardinera
      locera
           costurera
Bailarina del agua transparente
Árbol lleno de pájaros cantores
Violeta Parra.

Has recorrido toda la comarca
Desenterrando cántaros de greda

Y liberando pájaros cautivos
Entre las ramas.

Preocupada siempre de los otros
Cuando no del sobrino
                    de la tía
Cuándo vas a acordarte de ti misma
Viola piadosa.

Tu dolor es un círculo infinito
Que no comienza ni termina nunca
Pero tú te sobrepones a todo
Viola admirable.

Cuando se trata de bailar la cueca
De tu guitarra no se libra nadie
Hasta los muertos salen a bailar
Cueca valseada.

Cueca de la Batalla de Maipú
Cueca del Hundimiento del Angamos
Cueca del Terremoto de Chillán
Todas las cosas.

Ni bandurria
           ni tenca
                    ni zorzal

Ni codorniza libre ni cautiva
Tú
   solamente tú
              tres veces tú
                        Ave del paraíso terrenal.

Charagüilla
           gaviota de agua dulce
Todos los adjetivos se hacen pocos

Todos los sustantivos se hacen pocos
Para nombrarte.

Poesía
    pintura
        agricultura
Todo lo haces a las mil maravillas
Sin el menor esfuerzo
Como quien se bebe una copa de vino.

Pero los secretarios no te quieren
Y te cierran la puerta de tu casa
Y te declaran la guerra a muerte
Viola doliente.

Porque tú no te vistes de payaso
Porque tú no te compras ni te vendes
Porque hablas la lengua de la tierra
Viola chilensis.

¡Porque tú los aclaras en el acto!

Cómo van a quererte
              me pregunto
Cuando son unos tristes funcionarios
Grises como las piedras del desierto
¿No te parece?

En cambio tú
        Violeta de los Andes
Flor de la cordillera de la costa
Eres un manantial inagotable
De vida humana.

Tu corazón se abre cuando quiere
Tu voluntad se cierra cuando quiere
Y tu salud navega cuando quiere
Aguas arriba!

Basta que tú los llames por sus nombres
Para que los colores y las formas
Se levanten y anden como Lázaro
En cuerpo y alma.

¡Nadie puede quejarse cuando tú
Cantas a media voz o cuando gritas
Como si te estuvieran degollando
Viola volcánica!

Lo que tiene que hacer el auditor
Es guardar un silencio religioso
Porque tu canto sabe adónde va
Perfectamente.

Rayos son los que salen de tu voz
Hacia los cuatro puntos cardinales
Vendimiadora ardiente de ojos negros
Violeta Parra.

Se te acusa de esto y de lo otro
Yo te conozco y digo quién eres
¡Oh corderillo disfrazado de lobo!
Violeta Parra.

Yo te conozco bien
                        hermana vieja
Norte y sur del país atormentado
Valparaíso hundido para arriba
¡Isla de Pascua!

Sacristana cuyaca de Andacollo
Tejedora a palillo y a bolillo
Arregladora vieja de angelitos
Violeta Parra.

Los veteranos del Setentaynueve
Lloran cuando te oyen sollozar

En el abismo de la noche oscura
¡Lámpara a sangre!

Cocinera
      niñera
            lavandera
Niña de mano
           todos los oficios
Todos los arreboles del crepúsculo
Viola funebris.

Yo no sé qué decir en esta hora
La cabeza me da vueltas y vueltas
Como si hubiera bebido cicuta
Hermana mía.

Dónde voy a encontrar otra Violeta
Aunque recorra campos y ciudades
O me quede sentado en el jardín
Como un inválido.

Para verte mejor cierro los ojos
Y retrocedo a los días felices
¿Sabes lo que estoy viendo?
Tu delantal estampado de maqui.

Tu delantal estampado de maqui
¡Río Cautín!
        ¡Lautaro!
              ¡Villa Alegre!
¡Año mil novecientos veintisiete
Violeta Parra!
Pero yo no confío en las palabras
¿Por qué no te levantas de la tumba
A cantar
     a bailar
          a navegar
En tu guitarra?

Cántame una canción inolvidable
Una canción que no termine nunca
Una canción no más
                una canción
Es lo que pido.

Qué te cuesta mujer árbol florido
Álzate en cuerpo y alma del sepulcro
Y haz estallar las piedras con tu voz
Violeta Parra

Esto es lo que quería decirte

Continúa tejiendo tus alambres
Tus ponchos araucanos
Tus cantaritos de Quinchamalí
Continúa puliendo noche y día
Tus toromiros de madera sagrada
Sin aflicción
                sin lágrimas inútiles
O si quieres con lágrimas ardientes
Y recuerda que eres
Un corderillo disfrazado de lobo.

CARTAS DEL POETA QUE DUERME EN UNA SILLA

I

Digo las cosas tales como son
O lo sabemos todo de antemano
O no sabremos nunca absolutamente nada.

Lo único que nos está permitido
Es aprender a hablar correctamente.

II

Toda la noche sueño con mujeres
Unas se ríen ostensiblemente de mí
Otras me dan el golpe del conejo.
No me dejan en paz.
Están en guerra permanente conmigo.

Me levanto con cara de trueno.

De lo que se deduce que estoy loco
O por lo menos que estoy muerto de susto.

III

Cuesta bastante trabajo creer
En un dios que deja a sus creaturas
Abandonadas a su propia suerte
A merced de las olas de la vejez
Y de las enfermedades
Para no decir nada de la muerte.

IV

Soy de los que saludan las carrozas.

V

Jóvenes
Escriban lo que quieran
En el estilo que les parezca mejor
Ha pasado demasiada sangre bajo los puentes
Para seguir creyendo — creo yo
Que solo se puede seguir un camino:
En poesía se permite todo.

VI

Enfermedad
    Decrepitud
        y Muerte
Danzan como doncellas inocentes
Alrededor del lago de los cisnes
Semidesnudas
    ebrias
Con sus lascivos labios de coral.

VII

Queda de manifiesto
Que no hay habitantes en la luna

Que las sillas son mesas
Que las mariposas son flores en movimiento perpetuo
Que la verdad es un error colectivo
Que el espíritu muere con el cuerpo

Queda de manifiesto
Que las arrugas no son cicatrices.

VIII

Cada vez que por una u otra razón
He debido bajar
De mi pequeña torre de tablas
He regresado tiritando de frío
De soledad
    de miedo
        de dolor.

IX

Ya desaparecieron los tranvías
Han cortado los árboles
El horizonte se ve lleno de cruces.

Marx ha sido negado siete veces
Y nosotros todavía seguimos aquí.

X

Alimentar abejas con hiel
Inocular el semen por la boca
Arrodillarse en un charco de sangre
Estornudar en la capilla ardiente
Ordeñar una vaca
Y lanzarle su propia leche por la cabeza.

XI

De los nubarrones del desayuno
A los truenos de la hora de almuerzo
Y de ahí a los relámpagos de la comida.

XII

Yo no me pongo triste fácilmente
Para serles sincero
Hasta las calaveras me dan risa.
Los saluda con lágrimas de sangre
El poeta que duerme en una cruz.

XIII

El deber del poeta
Consiste en superar la página en blanco
Dudo que eso sea posible.

XIV

Solo con la belleza me conformo
La fealdad me produce dolor.

XV

Última vez que repito lo mismo
Los gusanos son dioses
Las mariposas son flores en movimiento perpetuo
Dientes cariados
          dientes quebradizos
Yo soy de la época del cine mudo.

Fornicar es un acto literario.

XVI

Aforismos chilenos:
Todas las colorinas tienen pecas
El teléfono sabe lo que dice
Nunca perdió más tiempo la tortuga
Que cuando tomó lecciones del águila.

El automóvil es una silla de ruedas.

Y el viajero que mira para atrás
Corre el serio peligro
De que su sombra no quiera seguirlo.

XVII

Analizar es renunciar a sí mismo
Solo se puede razonar en círculo
Solo se ve lo que se quiere ver
Un nacimiento no resuelve nada
Reconozco que se me caen las lágrimas.

Un nacimiento no resuelve nada
Solo la muerte dice la verdad
La poesía misma no convence.
Se nos enseña que el espacio no existe

Se nos enseña que el tiempo no existe
Pero de todos modos
La vejez es un hecho consumado.

Sea lo que la ciencia determine.

Me da sueño leer mis poesías
Y sin embargo fueron escritas con sangre.

TELEGRAMAS

I

Déjense de pamplinas
Aquí no piensa haber gato encerrado.

Dios hizo el mundo en una semana
Pero yo lo destruyo en un momento.

II

Háblenme de mujeres desnudas
Háblenme de sacerdotes egipcios
A escupitajo limpio
Yo me arrodillo y beso la tierra
A la vez que me como un churrasco.

Yo no soy derechista ni izquierdista
Yo simplemente rompo los moldes.

III

Que para qué demonios escribo?
Para que me respeten y me quieran
Para cumplir con dios y con el diablo
Para dejar constancia de todo.

Para llorar y reír a la vez
En verdad en verdad
No sé para qué demonios escribo:
Supongamos que escribo por envidia.

IV

Como turista soy un fracaso completo
De solo pensar en el Arco de Triunfo
Se me pone la carne de gallina.

Vengo de las pirámides de Egipto.

En verdad en verdad
Las catedrales me dan en los cocos.

V

Sepa Moya quién hizo las estrellas
A lo mejor el sol es una mosca
A lo mejor el tiempo no transcurre
A lo mejor la tierra no se mueve.

Mientras esté en capilla
No moriré de muerte natural
A lo mejor las moscas son ángeles
A lo mejor la sangre de narices
Sirve para lustrarse los zapatos.

A lo mejor la carne está podrida.

VI

Con la llegada de la primavera
Dejo de ser un hombre del montón
Y me transformo en una especie de catapulta
Que proyecta gargajos sanguinolentos
Hacia los cuatro puntos cardinales.

Solo la luna sabe quién soy yo.

VII

Ha terminado el siglo XIX
Se me pone la carne de gallina.
Quién tuviera un dedo de frente
Para correr por los acantilados
Y pernoctar al pie de la vaca.
Miren esos magníficos zancudos
Esos insuperables mamotretos
Que se van desplazando por el aire
Como si fueran globos de colores.

Cierto que dan deseos
De tomar un pincel
Y pintarlo todo de blanco?

VIII

A propósito de escopeta
Les recuerdo que el alma es inmortal.
El espíritu muere
          el cuerpo no.

Desde el punto de vista del oído
Luz y materia son la misma cosa
Ambas se sientan a la misma cama
Ambas se acuestan en idéntica mesa.

Entre ustedes y yo:
El espíritu muere con la muerte.

ME DEFINO COMO HOMBRE RAZONABLE

Me defino como hombre razonable
No como profesor iluminado
Ni como vate que lo sabe todo.
Claro que a veces me sorprendo jugando
El papel de galán incandescente
(Porque no soy un santo de madera)
Pero no me defino como tal.

Soy un modesto padre de familia
Un fierabrás que paga sus impuestos.
Ni Nerón ni Calígula:
Un sacristán
          un hombre del montón
Un aprendiz de santo de madera.

Pensamientos

Qué es el hombre
                se pregunta Pascal:
Una potencia de exponente cero.
        Nada
            si se compara con el todo
        Todo
            si se compara con la nada:
Nacimiento más muerte:
Ruido multiplicado por silencio:
Medio aritmético entre el todo y la nada.

Me retracto de todo lo dicho

Antes de despedirme
Tengo derecho a un último deseo:
Generoso lector
            quema este libro
No representa lo que quise decir
A pesar de que fue escrito con sangre
No representa lo que quise decir.

Mi situación no puede ser más triste
Fui derrotado por mi propia sombra:
Las palabras se vengaron de mí.

Perdóname lector
Amistoso lector
Que no me pueda despedir de ti
Con un abrazo fiel:
Me despido de ti
Con una triste sonrisa forzada.

Puede que yo no sea más que eso
Pero oye mi última palabra:

Me retracto de todo lo dicho.
Con la mayor amargura del mundo
Me retracto de todo lo que he dicho.

Chile

Da risa ver a los campesinos de Santiago de Chile
con el ceño fruncido
ir y venir por las calles del centro
o por las calles de los alrededores
preocupados-lívidos-muertos de susto
por razones de orden político
por razones de orden sexual
por razones de orden religioso
dando por descontada la existencia
de la ciudad y de sus habitantes:
aunque está demostrado que los habitantes aún no han nacido
ni nacerán antes de sucumbir
y Santiago de Chile es un desierto.

Creemos ser país
y la verdad es que somos apenas paisaje.

Total cero

1

La muerte no respeta ni a los humoristas de buena ley
para ella todos los chistes son malos
a pesar de ser ella en persona
quien nos enseña el arte de reír
tomemos el caso de Aristófanes
arrodillado sobre sus propias rodillas

riéndose como un energúmeno en las propias barbas de la Parca:
en mi poder hubiese economizado vida tan preciosa
pero la Muerte que no respeta Fulanos
irá a respetar Sutanos, Menganos o Perenganos?

2

Mientras escribo la palabra mientras
y los diarios anuncian el suicidio de Pablo de Rokha
vale decir el homicidio de Carlos Díaz Loyola
perpetrado por su propio hermano de leche
en Valladolid 106
— un balazo en la boca
con un Smith & Wesson calibre 44,
mientras escribo la palabra mientras
aunque parezca un poquito grandilocuente
pienso muerto de rabia
así pasa la gloria del mundo
sin pena
      sin gloria
           sin mundo
sin un miserable sándwich de mortadela.

3

Actuamos como ratas
en circunstancias de que somos dioses
bastaría con abrir un poco las alas
y pareceríamos seres humanos
pero preferimos andar a la rastra
— véase el caso del pobre Droguett —

Al parecer no tenemos remedio
Fuimos engendrados y paridos por tigres
Pero nos comportamos como gatos.

DE *EMERGENCY POEMS* (1972)

NO CREO EN LA VÍA PACÍFICA

no creo en la vía violenta
me gustaría creer
en algo — pero no creo
creer es creer en Dios
lo único que yo hago
es encogerme de hombros
perdónenme la franqueza
no creo ni en la Vía Láctea

TIEMPOS MODERNOS

Atravesamos unos tiempos calamitosos
imposible hablar sin incurrir en delito de contradicción
imposible callar sin hacerse cómplice del Pentágono.
Se sabe perfectamente que no hay alternativa posible
todos los caminos conducen a Cuba
pero el aire está sucio
y respirar es un acto fallido.
El enemigo dice
es el país el que tiene la culpa
como si los países fueran hombres.
Nubes malditas revolotean en torno a volcanes malditos
embarcaciones malditas emprenden expediciones malditas
árboles malditos se deshacen en pájaros malditos:
todo contaminado de antemano.

DESCORCHO OTRA BOTELLA

y prosigo mi baile de costumbre

estiro una pierna
que perfectamente podría ser brazo
recojo un brazo
que perfectamente podría ser pierna

me encuclillo sin dejar de danzar
y me desabrocho los señores zapatos
uno lo lanzo más arriba del cielo
otro lo hundo hondo en la tierra

ahora comienzo a sacarme el sweater

en esto oigo sonar el teléfono
me llaman de la señora oficina
contesto que seguiré bailando
mientras no me suban el sueldo

Alguien detrás de mí

lee cada palabra que escribo
por encima de mi hombro derecho
y se ríe desvergonzadamente de mis problemas
un señor de bastón y levita

miro pero no veo que haya nadie
sin embargo yo sé que me espían

Siete

son los temas fundamentales de la poesía lírica
en primer lugar el pubis de la doncella
luego la luna llena que es el pubis del cielo
los bosquecillos abarrotados de pájaros
el crepúsculo que parece una tarjeta postal

el instrumento músico llamado violín
y la maravilla absoluta que es un racimo de uvas

DE *HOJAS DE PARRA* (1985)

MISIÓN CUMPLIDA

árboles plantados	17
hijos	6
obras publicadas	7
total	30
operaciones quirúrgicas	1
caídas fatales	17
caries dentarias	17
total	35
lágrimas	0
gotas de sangre	0
total	0
besos corrientes	48
" con lengua	17
" a través del espejo	1
" de lujo	4
" Metro Goldwyn Mayer	3
total	548

calcetines	7
calzoncillos	1
toallas	0
camisas sport	1
pañuelos de mano	43
total	473
mapamundi	1
candelabros de bronce	2
catedrales góticas	0
total	3
humillaciones	7
salas de espera	433
salones de peluquería	48
total	1534901
capitales europeas	548
piojos y pulgas	333333333
Apolo 16	1
total	49
secreciones glandulares	4
padrinos de casamiento	7
tuercas y pernos	4
total	15
joyas literarias	1
padres de la Iglesia	1
globos aerostáticos	17
total	149

Qué gana un viejo con hacer gimnasia

qué ganará con hablar por teléfono
qué ganará con hacerse famoso
qué gana un viejo con mirarse al espejo

Nada
hundirse cada vez más en el fango

Ya son las tres o cuatro de la madrugada
por qué no trata de quedarse dormido
pero no — dele con hacer gimnasia
dele con los llamaditos de larga distancia
dele con Bach
      con Beethoven
           con Tchaikovsky
dele con las miradas al espejo
dele con la obsesión de seguir respirando

lamentable — mejor apagara la luz

Viejo ridículo le dice su madre
eres exactamente igual a tu padre
él tampoco quería morir
Dios te dé vida para andar en auto
Dios te dé vida para hablar por teléfono
Dios te dé vida para respirar
Dios te dé vida para enterrar a tu madre

¡Te quedaste dormido viejo ridículo!
pero el anciano no piensa dormir
no confundir llorar con dormir

SIETE TRABAJOS VOLUNTARIOS Y UN ACTO SEDICIOSO

1
el poeta lanza piedras a la laguna
círculos concéntricos se propagan

2
el poeta se sube en una silla
a darle cuerda a un reloj de colgar

3
el poeta lírico se arrodilla
ante un cerezo en flor
y comienza a rezar un padrenuestro

4
el poeta se viste de hombre rana
y se zambulle en la pileta del parque

5
el poeta se lanza al vacío
colgando de un paraguas
desde el último piso de la Torre Diego Portales

6
el poeta se atrinchera en la Tumba del Soldado Desconocido
y desde ahí dispara flechas envenenadas a los transeúntes

el poeta maldito
se entretiene tirándoles pájaros a las piedras

Acto sedicioso

el poeta se corta las venas
en homenaje a su país natal

El hombre imaginario

El hombre imaginario
vive en una mansión imaginaria
rodeada de árboles imaginarios
a la orilla de un río imaginario

De los muros que son imaginarios
penden antiguos cuadros imaginarios
irreparables grietas imaginarias
que representan hechos imaginarios
ocurridos en mundos imaginarios
en lugares y tiempos imaginarios

Todas las tardes tardes imaginarias
sube las escaleras imaginarias
y se asoma al balcón imaginario
a mirar el paisaje imaginario
que consiste en un valle imaginario
circundado de cerros imaginarios

Sombras imaginarias
vienen por el camino imaginario
entonando canciones imaginarias
a la muerte del sol imaginario

Y en las noches de luna imaginaria
sueña con la mujer imaginaria
que le brindó su amor imaginario
vuelve a sentir ese mismo dolor
ese mismo placer imaginario
y vuelve a palpitar
el corazón del hombre imaginario

NOTA SOBRE LA LECCIÓN DE LA ANTIPOESÍA

1. En la antipoesía se busca la poesía, no la elocuencia.

2. Los antipoemas deben leerse en el mismo orden en que fueron escritos.

3. Hemos de leer con el mismo gusto los poemas que los antipoemas.

4. La poesía pasa — la antipoesía también.

5. El poeta nos habla a todos sin hacer diferencia de nada.

6. Nuestra curiosidad nos impide muchas veces gozar plenamente la antipoesía por tratar de entender y discutir aquello que no se debe.

7. Si quieres aprovechar, lee de buena fe y no te complazcas jamás en el nombre del literato.

8. Pregunta con buena voluntad y oye sin replicar la palabra de los poetas: no te disgusten las sentencias de los viejos pues no las profieren al acaso.

9. Saludos a todos.

El anti-Lázaro

Muerto no te levantes de la tumba
qué ganarías con resucitar
una hazaña
      y después
           la rutina de siempre
no te conviene viejo no te conviene

el orgullo la sangre la avaricia
la tiranía del deseo venéreo
los dolores que causa la mujer

el enigma del tiempo
las arbitrariedades del espacio

recapacita muerto recapacita
que no recuerdas cómo era la cosa?
a la menor dificultad explotabas
en improperios a diestra y siniestra

todo te molestaba
no resistías ya
ni la presencia de tu propia sombra

mala memoria viejo ¡mala memoria!
tu corazón era un montón de escombros
— estoy citando tus propios escritos —
y de tu alma no quedaba nada

a qué volver entonces al infierno del Dante
¿para que se repita la comedia?
qué divina comedia ni qué 8/4
voladores de luces — espejismos
cebo para cazar lauchas golosas
ese sí que sería disparate

eres feliz cadáver eres feliz
en tu sepulcro no te falta nada
ríete de los peces de colores

aló — aló me estás escuchando?

quién no va a preferir
el amor de la tierra
a las caricias de una lóbrega prostituta
nadie que esté en sus 5 sentidos
salvo que tenga pacto con el diablo

sigue durmiendo hombre sigue durmiendo
sin los aguijonazos de la duda
amo y señor de tu propio ataúd
en la quietud de la noche perfecta
libre de pelo y paja
como si nunca hubieras estado despierto

no resucites por ningún motivo
no tienes para qué ponerte nervioso
como dijo el poeta
tienes toda la muerte por delante

Índice dos poemas originais em espanhol

De *Poemas y antipoemas* (1954)

Es olvido	179
Se canta al mar	181
Desorden en el cielo	183
Autorretrato	184
Epitafio	185
Advertencia al lector	186
Rompecabezas	187
Cartas a una desconocida	188
Madrigal	188
Solo de piano	189
El peregrino	190
Los vicios del mundo moderno	190
Soliloquio del Individuo	194

De *Versos de salón* (1962)

Cambios de nombre	197
La montaña rusa	198
Advertencia	198
En el cementerio	199
El galán imperfecto	199
Pido que se levante la sesión	200
Hombre al agua	200
Fuentes de soda	201
La doncella y la muerte	202
Mujeres	203
Composiciones	204
La poesía terminó conmigo	206

271

Tres poesías	206
Versos sueltos	207
Se me pegó la lengua al paladar	208
Solo para mayores de cien años	210
Lo que el difunto dijo de sí mismo	212
Noticiario 1957	216

De *Manifiesto* (1963)

Manifiesto	219

De *Canciones rusas* (1967)

Último brindis	222
Regreso	223
La fortuna	224
Ritos	224
Mendigo	225
Atención	226
Solo	227
Aromos	227
Cronos	228
Hace frío	229
Pussykatten	230
Nadie	231

De *Obra gruesa* (1969)

Acta de independencia	232
Frases	233
Padre nuestro	233
Agnus Dei	234
Discurso del buen ladrón	235
Yo pecador	236
Regla de tres	237
Inflación	238
¡Cuántas veces voy a repetir lo mismo!	238
La cruz	239
Juegos infantiles	239
Siegmund Freud	241

Defensa de Violeta Parra	244
Cartas del poeta que duerme en una silla	249
Telegramas	254
Me defino como hombre razonable	257
Pensamientos	258
Me retracto de todo lo dicho	258
Chile	259
Total cero	259

De *Emergency poems* (1972)

No creo en la vía pacífica	261
Tiempos modernos	261
Descorcho otra botella	261
Alguien detrás de mí...	262
Siete	262

De *Hojas de Parra* (1985)

Misión cumplida	263
Qué gana un viejo con hacer gimnasia	265
Siete trabajos voluntarios y un acto sedicioso	266
El hombre imaginario	267
Nota sobre la lección de la antipoesía	268
El anti-Lázaro	269

273

Nicanor Parra em sua casa de Las Cruces, em 2014.
Fotografia de Joana Barossi.

Há um antes e um depois de Nicanor

Joana Barossi

O avião vai deixando silenciosamente Santiago e o país de Enrique Lihn, Vicente Huidobro, Gonzalo Rojas, González Vera, Gonzalo Millán, Carlos de Rokha, Elvira Hernández, Roberto Bolaño, Carlos Pezoa Véliz, Gabriela Mistral, entre incontáveis poetas que o Chile concebeu e segue gestando. Às minhas costas vai ficando a sóbria capital, encalacrada entre a cordilheira e a ideia do mar, entubada num mapa estreito, cujo fluxo de ar encontra apenas uma direção, norte-sul, para correr, cidade fechada, cidade poética. Apesar do estômago liricamente retorcido — potencializado pela turbulência, frequente no trânsito sobre os Andes —, me agrada o fato de transportar em minha bagagem excertos de uma biografia poética recolhidos em solo chileno.

Ainda que a imprensa e a academia tenham demonstrado um interesse persistente por escavar resenhas de sua vida, a verdade é que, apesar das habituais enumerações de filhos e romances, sabemos pouco sobre Nicanor Parra.

De estatura mediana,
Com uma voz nem fina nem grossa
Filho mais velho de um professor primário
E de uma costureira doméstica;
Magro de nascimento
Ainda que adorador da boa mesa;
De faces esquálidas
Mas, sim, abundantes orelhas

Com um rosto quadrado
Em que os olhos muito mal se enxergam
E um nariz de boxeador mulato
Sobre uma boca de ídolo asteca
— Tudo isso banhado
Por uma luz entre irônica e pérfida —
Nem muito esperto nem doido varrido
Fui o que fui: uma mescla
De vinagre e azeite de oliva
Um embutido de anjo e de besta![1]

 Faz cinco anos bastou uma breve pesquisa e a internet me deu coordenadas geográficas suficientes para eu arriscar uma viagem que teria como destino buscar o poeta. A casa de Nicanor Parra fica incrustada num dos braços da pequena baía de Las Cruces, a cem quilômetros de Santiago, onde a rua Pedro Ilich cruza com a Lincoln configurando no mapa uma cruz meio torta. No percurso inclinado da rua que leva a este entroncamento, quase não há transeuntes, ouvem-se apenas as ondas quebrando nas rochas e o ruído do sapato roçando as pedras da vereda. O pedestre, desde a rua, vê o mar nas brechas esparsas entre as casas que se afundam nos lotes. O céu sobre o Pacífico é sempre de um azul pesado, turvo, moldado pelo vento frio e insistente. A vegetação costuma ser triste, de tonalidade escura, verde-oliva em contraste com o solo bege, claro e seco. Sujo de poeira, parado em frente a um portão branco, o famoso fusca prateado do poeta. A casa de Parra fica alguns degraus abaixo do nível da rua: encaixada na topografia, se aproveita da inclinação do terreno para se abrir sobre o mar. Na fachada oposta, que eu não via, imaginava uma grande varanda, sobre a qual estariam dispostas algumas cadeiras confortáveis onde o poeta, agasalhado, observaria o oceano.

---
[1] "Epitáfio", *Poemas e antipoemas*, 1954.

No entanto, na altura de meus olhos, o mar estava encoberto pela superfície do telhado escuro da casa, de pequenas telhas de madeira típicas da arquitetura autóctone chilena. Uma cerca baixa divide a rua do pequeno jardim em desnível, onde sobressai uma macieira e uma espécie de palmeira do frio, de casca grossa e copa espinhosa. A casa é construída sobre uma base de pedras encorpadas que se estende configurando um platô que a contorna. As pedras formam, em frente à porta de entrada, um pequeno alpendre, sobre o qual pousam duas cadeiras metálicas de estofado de plástico roxo. E, na porta de madeira maciça, a inscrição em *spray* negro que diz: "antipoesia".

No nível da rua, à esquerda da casa, uma garagem para um carro só, feita de tábuas, parecia ter sido transformada numa espécie de escritório ou refúgio de trabalho. Um pouco deslocada da implantação da casa, também desfruta de ampla vista sobre o Pacífico. Para minha surpresa, pela janela de vidro na esquina desta pequena construção, pude ver Nicanor, sozinho e descabelado, frequentando as palavras.

Não é possível — pensei —, o que faço eu aqui a perseguir este poeta? Tudo era descaradamente quimérico, mas também profundamente literário. Nicanor estava ali?, dentro daquele pequeno atelier?, a tão poucos metros de mim? Fui invadida por uma proverbial timidez, não podia suportar a ideia de tocar sua porta e balbuciar qualquer asneira sem propósito. As palavras desapareceram num branco hostil. Se por um lado existia uma solicitação interna que me provocava ao confronto e reprimia uma espécie de cerimônia, por outro, o deleite daquele quase encontro já se fazia pleno.

Fui pega de surpresa; mesmo tendo percorrido todo o trajeto entre a minha casa, no centro da cidade de São Paulo, e a sua, na beira do Pacífico, eu não me sentia capaz de encará-lo. Desci caminhando até o povoado, me sentei num pequeno restaurante em frente à praia, cuja varanda pouco generosa estava exposta à violência do vento pacífico que fumou meus cigarros. Enquanto contemplava a água da baía convertida numa fumegante lâmina negra, tomei uma garrafa de vinho branco e escrevi, ainda embriagada, numa vaga e dispersa tentativa de entender o que acabara de passar. Estava acometida pela imagem poética que eu criara, confiante na legitimidade e romantismo de meu quase encontro com Nicanor. Na realidade tudo, absolutamente tudo a esta hora parecia muito lento, moroso, ensanguentado pelo crepúsculo daquele lado do paraíso.

Uma série de coincidências impediu que meu relato terminasse aqui. Anos depois, a profissão me levou outra vez em direção a Nicanor Parra, como se eu tivesse arquitetado, naquele *antiencontro* poético, uma linha invisível que me ataria a ele. Meu poeta favorito faria cem anos e eu estaria no Chile.

Junto a meu amigo Alejandro Zambra, numa manhã fria de verão, seguimos calados em seu carro rumo a Las Cruces, naquele mesmo ponto da longa costa chilena em que eu havia estado alguns anos antes. Desta vez, 5 de dezembro de 2014, Nicanor sabia de nossa visita, que havíamos estabelecido para as 12h, podendo se estender para um almoço, com sorte um café com sobremesa.

De ambos os lados da estrada uma silhueta pedregosa e melancólica, com raras e solitárias casas varridas pelo vento cortante. Enquanto ele dirigia eu hesitava entre a paisagem ainda ensopada pelo sereno, que deslizava pela janela, e o pequeno caderno que eu preenchia de borrões, cuja ilegibilidade era acentuada pelo tremor da estrada e pela confusão mental da ansiedade. Meus hábitos de arquiteta não me deixam esquecer um trajeto percorrido, e eu me lembrava nitidamente do caminho a *La Torre de Marfil*.[2]

---

[2] Nicanor tem o costume de renomear as coisas ao seu redor, como no poema "Mudanças de nome", "O poeta não cumpre sua palavra/ Se

Com o telefone tirei uma única foto da fachada da casa, daquela mesma vista que eu contemplara sem tocar alguns anos antes. Quem abriu a porta foi *La Colombina*, caçula do poeta, que nos convidou a entrar manifestando um sorriso entre amável e desconfiado. Ofereceu um abraço afetuoso a Alejandro, me perguntou se já nos conhecíamos e me estendeu a mão. Nos conduziu por um saguão de pedra, gelado como meu estômago, e nos indicou a porta à esquerda, que nos levaria à sala. Alejandro com sua camisa azul escura guiou a procissão, eu me ocultava retraída detrás de seu tamanho, o que, no entanto, não me impediu de ver, contra a luz branca que vinha da janela, surgir a silhueta descabelada do poeta, que minhas pupilas custaram a focalizar. Ele nos esperava no sofá, no fundo da sala abafada, amortecida por tapetes e quadros. Esguio e elegante, Nicanor se pôs de pé apoiando a mão esquerda na mesa de centro, ergueu o rosto quadrado e ofereceu os braços ao escritor amigo. Por cima dos ombros de Alejandro, me espiou. Fiz uma pequena reverência e me aproximei desejando o abraço. Num gesto infantil de quem se entrega confiante aos braços de um adulto, mergulhei no volume de roupa que recobria seu corpo magro e ereto. Ali entocada, apertei com minha mão esquerda a sua direita com força, a tempo de refrear as lágrimas que se mantiveram na borda de meus olhos até o final do dia. Senti seu cheiro. Afastei meu corpo trêmulo e completei a saudação com um breve movimento afirmativo com a cabeça e um sorriso sem mostrar os dentes. Eu havia tocado a pele da criatura que me concedera, sem saber, o prazer maior da poesia. Nicanor vestia uma calça verde como o sofá e casaco bege sobre um pijama azul claro, cujo colarinho despontava sob a gola arredondada da caxemira. Quando soltei sua mão ele

---

não muda os nomes das coisas", criou seu próprio vocabulário, e os entes queridos e objetos de empatia acabam por receber novas alcunhas: sua casa é chamada por ele de Torre de Marfim.

voltou a sentar-se no sofá contra a janela, Alejandro buscou uma cadeira de madeira e eu me acomodei no sofá ao lado, completei um respiro, olhei a janela que enquadrava o mar, segurando bravamente aquela volúpia triste, um segundo após o êxtase. Depositei sobre a mesa meu caderno de notas e algumas folhas preenchidas de perguntas estratégicas que nunca foram feitas. Nicanor tem cem anos para contar, uma biblioteca copiosa em sua memória e uma irreverência sedutora que não necessita auxílio temático para disparar seus gatilhos. Observando meu caderno sobre a mesa, perguntou se eu era jornalista, e *al tiro* disse, num tom acusatório, que não gosta de entrevistas e ainda menos de jornalistas — que segundo ele distorcem tudo o que diz —, que os questionários soam como interrogatórios e que prefere respeitar os tempos naturais das conversas.

"Joana é sua tradutora para o português", intervém Alejandro a tempo. Nicanor me olha agora com menos desconfiança, mas ríspido retruca: "Eu não leio as traduções de meus poemas, elas devem ser *una expropriación revolucionária*, quando traduzidos já não me pertencem mais". E me piscou um olho.

> Eu digo as coisas tal como são
> Ou sabemos tudo de antemão
> Ou nunca saberemos absolutamente nada.
>
> A única coisa que nos permitem
> É aprender a falar corretamente.[3]

Um olhar inadvertido pode deixar passar despercebida uma infinidade de pequenas intervenções poéticas que Nicanor dispõe em sua casa. Disfarçadas em meio a uma sala apa-

---

[3] "Cartas do poeta que dorme numa cadeira", *Obra grossa*, 1969.

rentemente comum, dispostas sobre objetos banais, estão pequenas legendas provocativas que o poeta escreve à mão. Renomeados, passam de objetos monótonos a subversivos. Em frente à lareira metálica, debaixo de um crucifixo pintado de preto, a epígrafe: "Vou e volto". Sobre a foto de grupo, provavelmente da formatura do colegial, repleta de jovens garotos de cabelos lustrosos, pousa outro papel que diz: "todas iríamos ser rainhas" em referência ao título de um poema de Gabriela Mistral; sobre um quadro do pintor surrealista Roberto Matta, que acomoda uma dedicatória a Nicanor, o registro: "O Parra Matta". Esses "crachás antipoéticos"[4] espalhados pela casa nos fazem redescobrir cada objeto numa espécie de desafio conceitual, terno e violento, mas sempre saborosamente insuspeito. A casa do poeta é em si subversiva, constrói configurações linguísticas que contêm suas próprias leis. A sensação é de que são analogias que o leitor necessitava, algo que andava buscando, como diz o próprio Nicanor: uma agulhada na medula.

Nicanor deliberava fluidamente sobre o panorama literário, e a conjuntura era adequada para o prolongamento da conversa que versava sobre poesia, música popular e tudo aquilo que frequenta o debate sobre linguagem e semiótica.

---

[4] Essas sutis e compulsivas intervenções contêm o mesmo jogo de regras da *antipoesia*, que o poeta desenvolveu em grande parte de sua obra. Elas me levam a pensar em outras famílias de artefatos, que vêm da revolução objetual que se inaugurou com Picasso em meados de 1912 — com suas construções e *collages* —, e que os dadaístas e surrealistas exploraram a fundo. Naturalmente a figura de Marcel Duchamp tem neste contexto uma importância incontestável, pois ele conseguiu, por meio de seus *readymades*, que as coisas pudessem remeter simultaneamente a vários universos conceituais radicalmente diferentes. Parra, nesse âmbito, também extrapola a lógica combinatória das colisões: das palavras entre si, dos objetos com os objetos, e dos textos antipoéticos com as coisas sublevadas de sua servidão original.

Os cem anos que recém-completara não turvavam sua memória nem agilidade. Para mim estava claro que não visitava o poeta a fim de discutir questões de meu trabalho como tradutora, e sim para escutar o que lhe desse na telha, o que seguramente enriqueceria meu repertório para traduzi-lo.

Quando Colombina e Alejandro foram até o centro comprar empanadas para o almoço, Nicanor sacou um álbum de fotografias e me narrou seu século de encontros, amantes, viagens e desavenças. Eu não seria leviana de tentar reproduzir suas palavras, mas havia algo na forma de sua fala que me intrigava. Os hiatos em seu colóquio não eram apenas pausas que visam suspense narrativo ou meras estratégias para o desenvolvimento do discurso, havia algo mais que me escapava, a voz dele soava num ritmo familiar porém diverso de qualquer outro interlocutor com quem eu já havia estado. Notei então um movimento sutil em sua mão direita, que saltando de dedo em dedo acompanhava o ritmo das sílabas que lhe saíam da boca. Acreditei entender o que eu intuía, mas também é certo que isso me parecia um pouco estranho e obsessivo de minha parte. O poeta conta as sílabas de sua fala? Será possível que a poesia encharque também seu idioma oral? Entrei numa espécie de transe mental e certa hiperatividade cerebral: sim, Nicanor conta as sílabas que pronuncia! O poeta fala em verso.

Como em seus poemas, aparentemente falados, com uma sintaxe ao que tudo indica coloquial, a fala de Nicanor tem um fluxo que, metricamente, corresponde ao decassílabo ou a uma medida muito próxima a ele. Talvez não estejamos acostumados a prestar atenção à forma da fala e o que apreendemos mais diretamente é a palavra, a sintaxe, o que é dito. Quiçá porque num contexto de linguagem oral, imprevisível, não se esperam regularidades. Mas a métrica em Nicanor Parra — tanto em sua poesia como em sua fala ordinária — é elemento de fundo, uma mão silenciosa que soma.

Neste instante memorável, estive, com efeito, diante de meu *antipoeta* obsessivo, como jamais imaginara. Me dei conta de que os paradoxos, descobertas e experimentações do século XX se personificavam de alguma maneira nesse sujeito, cuja espessura histórica me escapava às mãos... Nicanor leva a cabo a ideia de dissolução das fronteiras entre arte e vida, tem plena compreensão do poder da imagem, da concisão e da ironia, tem apreciação estética apurada em relação à complexidade e à contradição. Como pode um homem, ao completar cem anos, ser fundamentalmente contemporâneo? Essa e outras perguntas fervilhavam no meu cérebro aquele dia inteiro e, quando a noite começou a cair, surrupiei sua caneta esferográfica que pousava sobre a mesa e me despedi beijando a sua mão que escreve.

Sobre o autor

Nicanor Segundo Parra Sandoval nasceu em 5 de setembro de 1914 em San Fabián de Alico, uma cidade rural chilena 400 quilômetros ao sul de Santiago. A casa da família Parra era também a escola local. Seu pai, Nicanor Parra Alarcón, era professor primário e músico amador, e a mãe, Rosa Clara Sandoval Navarrete, era tecelã e costureira de origem camponesa. Nicanor foi o primeiro de oito irmãos, entre os quais se destacam os renomados músicos Violeta Parra e Roberto Parra Sandoval, e também os folcloristas Lalo, Lautaro e Hilda Parra.

Em 1927 a família se estabelece em Chillán, e em 1932 o jovem Nicanor muda-se para Santiago, onde conclui o ensino médio. No ano seguinte, ingressa no Instituto Pedagógico da Universidade do Chile, onde cursa matemática e física. Em 1937 publica seu primeiro livro, *Cancionero sin nombre*, ainda sob forte influência do lirismo de García Lorca. Apesar de elogiado à época, Parra mais tarde renegaria esse primeiro livro.

Em 1943, Parra viaja para os Estados Unidos para fazer pós-graduação na Universidade Brown, onde estuda mecânica avançada, e a partir de 1945, de volta a sua terra natal, passa a lecionar na Universidade do Chile. Entre 1949 e 1952, assiste às palestras sobre cosmologia do físico Edward Arthur Milne, em Oxford, período em que Parra trava contato com a poesia inglesa.

Em 1952, já de volta ao Chile, Nicanor Parra organiza com o poeta Enrique Lihn e o multiartista Alejandro Jodorowsky a exposição *Quebrantahuesos*, um grande poema mural feito a partir de extratos de jornais. Em 1954, publica seu segundo livro, *Poemas y antipoemas*, até hoje considerado um marco da poesia sul-americana. É com este livro que Parra chega à voz característica do estilo chamado "antipoesia", que se contrapõe ao lirismo retórico, à época representado por seu contemporâneo Pablo Neruda. A partir daí torna-se um dos poetas mais prolíficos do século XX. Sua obra, que se estende por cerca de oitenta anos, compreende mais de vinte livros de poemas, como *Versos de salón* (1962) e *Sermones y prédicas del Cristo de Elqui* (1977), e uma série de antologias, exposições visuais, traduções (como sua versão livre do *Rei Lear*, de Shakespeare) e colaborações artísticas.

Em 1958, Parra visita Estocolmo, Moscou, Pequim, Roma e Madri, divulgando seu trabalho como escritor. Neste mesmo ano publica *La cueca larga* (1958), em que experimenta radicalmente com a linguagem popular. Em 1960 participa do I Encontro de Escritores Americanos organizado pela Universidade de Concepción e trava contato com Allen Ginsberg e Lawrence Ferlinghetti, que publica *Anti-Poems* (1960), de Parra, por sua editora City Lights Books, com tradução de Jorge Elliott.

Em 1965 Parra publica *Poesía soviética rusa*, uma antologia de poetas soviéticos compilada e traduzida por ele, fruto de uma viagem à URSS. Em 1967, surge outra edição de seus poemas em inglês: *Poems and Antipoems* (1967), que conta com traduções de Ginsberg, Ferlinghetti, William Carlos Williams, Thomas Merton, Denise Levertov e W. S. Merwin. Em 1969 publica *Obra gruesa*, reunião de todos os seus poemas escritos até então, excluindo os do primeiro livro e adicionando alguns inéditos, e em 1972 lança *Artefactos*, uma caixa com os poemas-objeto que vinha desenvolvendo desde meados dos anos 1960. Em 1985, época em passa a morar no balneário de Las Cruces, próximo a Valparaíso, publica *Hojas de Parra*, reunião de textos escritos a partir de 1969.

Parra foi tema dos documentários *Cachureo (Apuntes sobre Nicanor Parra)* (1977) e *Nicanor Parra '91* (1991). Em 2001 recebe o Prêmio Reina Sofía de Poesia Iberoamericana, em 2011 é agraciado com o Prêmio Cervantes, do Ministério da Cultura da Espanha e, em 2012, com o Premio Iberoamericano de Poesía Pablo Neruda, oferecido pelo Consejo Nacional de la Cultura y las Artes do Chile. Em 2017 surge seu derradeiro livro, a coletânea *El último apaga la luz*. Nicanor Parra morre em 23 de janeiro de 2018, aos 103 anos, na casa da família Parra em La Reina. Foi enterrado em um caixão com a inscrição "Voy & vuelvo", extraída de um de seus "artefactos".

Sobre os tradutores

Joana Barossi é professora, editora e poeta. Sua atuação profissional e como pesquisadora procura aproximar os campos da arte, da arquitetura e da literatura. Estudou Jornalismo, Arquitetura e História da Arte, e é mestranda pela FAU-USP com a tese *Modos de ver: Georges Perec e a literatura da cidade*. Trabalhou com desenho de exposições e curadoria e escreveu textos críticos e curatoriais para catálogos e exposições de artistas como Héctor Zamora, Marcelo Cipis, Lina Kim, Guga Szabson e Pablo Saborido, entre outros. Nos últimos anos contribuiu com revistas como *Gagarin* (Bélgica), *Periódico de Poesía* e *Letras Libres* (México), *Fórum Permanente* e *Suplemento Pernambuco* (Brasil). Foi editora do Projeto Contracondutas (2016) e coordenadora editorial da 11ª Bienal de Arquitetura de São Paulo. Foi professora convidada no workshop Travel School da Rhode Island School of Design e atualmente é professora de Arte e Arquitetura na Escola da Cidade, em São Paulo.

Cide Piquet nasceu em Salvador, em 1977, e mudou-se para São Paulo em 1995, para cursar Letras na USP. É editor, tradutor e poeta. Desde 1999 trabalha na Editora 34, atuando especialmente nas coleções de poesia e literatura estrangeira. Traduziu *Esta vida: poemas escolhidos*, de Raymond Carver (Editora 34, 2017, volume em que assina a organização), e *Histórias para brincar*, de Gianni Rodari (Editora 34, 2007). Publicou traduções de ensaios (Edmund Wilson, Charles Baudelaire, Enrique Vila-Matas etc.) em livros e revistas, como a *Serrote*; e de poemas (Roberto Bolaño, Raymond Carver, Pier Paolo Pasolini, Víctor Rodríguez Núñez, Jack Underwood, Yehuda Amichai, Hans Magnus Enzensberger etc.) em blogs e revistas literárias, como *Piauí*, *Modo de Usar & Co.*,

Escamandro, e em antologias, como *Lira argenta* (Demônio Negro, 2017). De sua autoria, publicou o livro *malditos sapatos: 18 poemas de amor e desamor* (Hedra, 2013, coleção Sem Chancela, em pequena tiragem); a plaquete *Poemas e traduções* (Quelônio, 2017), além de eventuais colaborações em blogs, revistas e antologias (*Bólide*, *Organismo*, *Vinagre: uma antologia de poetas neobarracos* etc.). Tem ministrado cursos, palestras e oficinas sobre edição e tradução na Casa Guilherme de Almeida, Casa das Rosas, Espaço Cult, Universidade do Livro e Escola de Comunicações e Artes da USP, em São Paulo.

Este livro foi composto em Sabon, pela Bracher & Malta, com CTP da New Print e impressão da Graphium em papel Pólen Soft 80 g/m² da Cia. Suzano de Papel e Celulose para a Editora 34, em fevereiro de 2019.